Le Livre de Poche Jeunesse

TITUS FLAMINIUS

LA PISTE GAULOISE

Jean-François Nahmias

TITUS FLAMINIUS

LA PISTE GAULOISE

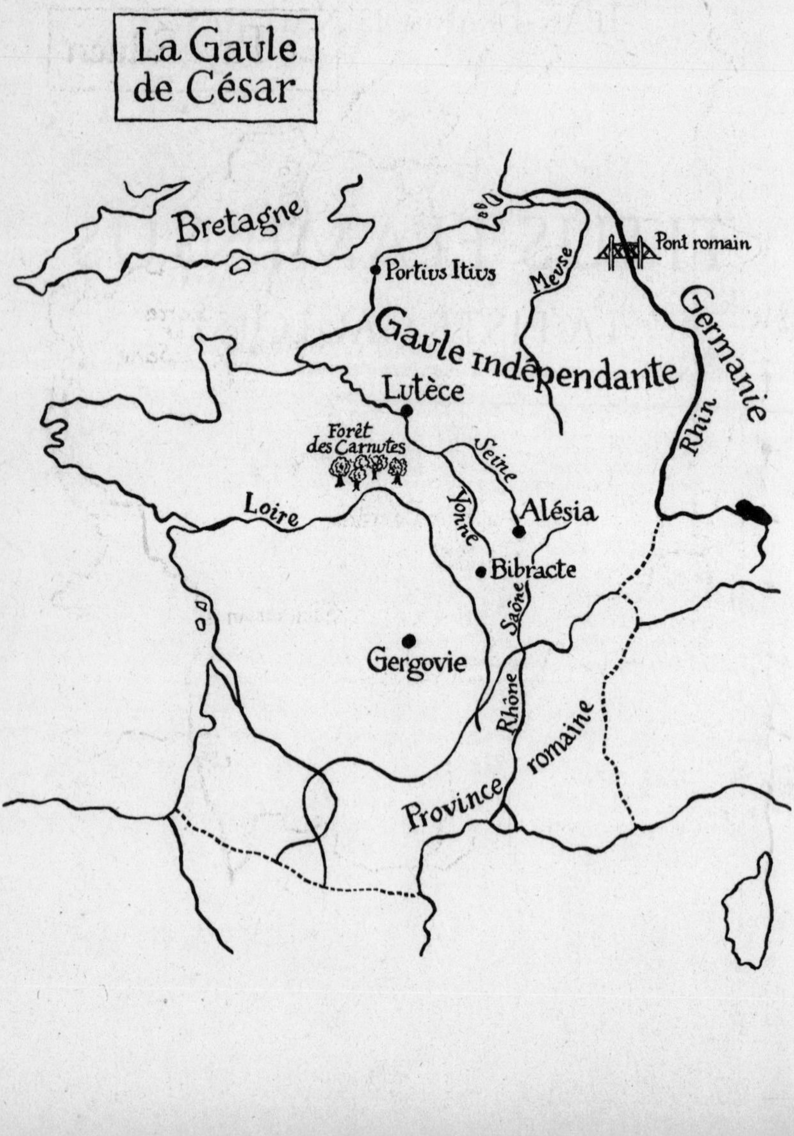
La Gaule
de César
Bretagne
Portius Itius
Meuse
Pont romain
Gaule indépendante
Germanie
Lutèce
Rhin
Forêt
des Carnutes
Seine
Loire
Yonne
Alésia
Bibracte
Saône
Gergovie
Rhône
romaine
Province

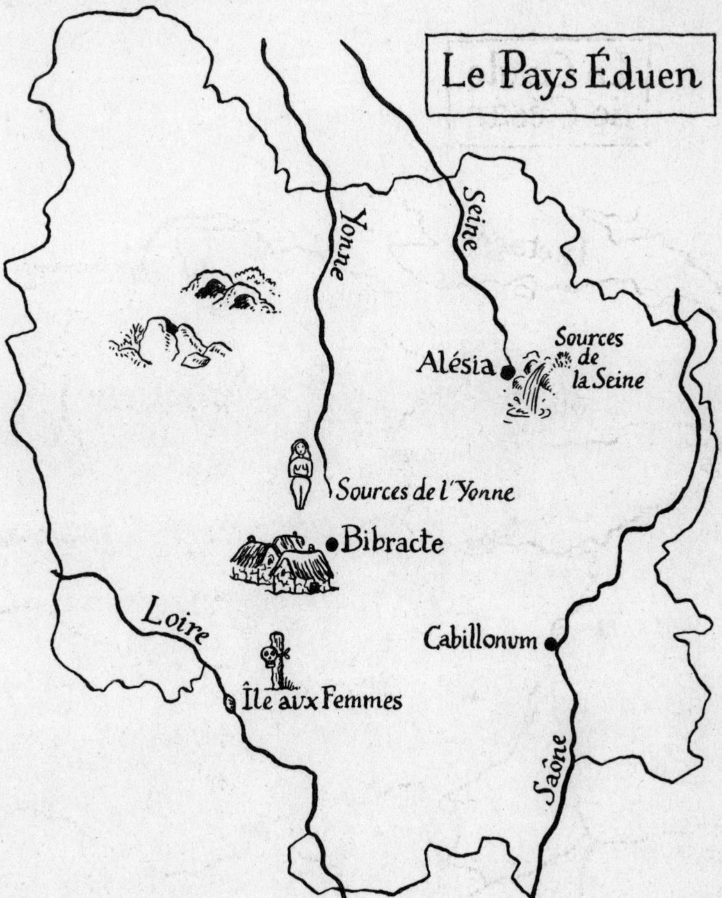
Le Pays Éduen
Yonne
Seine
Sources de la Seine
Alésia
Sources de l'Yonne
Bibracte
Loire
Cabillonum
Île aux Femmes
Saône

Avant-propos : Les Gaulois, nos ancêtres méconnus

Qui sont ces Gaulois, dont nous apprenons dès l'école primaire qu'ils étaient nos ancêtres ? Remarquons d'abord qu'il n'en a pas toujours été ainsi. L'arrivée des Gaulois à la première page des manuels d'histoire date de la Révolution. Durant tout l'Ancien Régime, on faisait débuter la France aux Francs et, plus précisément, à la conversion de Clovis. Dans l'esprit de l'époque, notre pays ne pouvait commencer qu'avec le premier roi catholique.

À partir du XIXe siècle, au contraire, nos ancêtres sont ces païens obéissant à des chefs élus, volontiers individualistes, batailleurs, aimant les femmes, la bonne chère et le bon vin, et Vercingétorix a pris la place de Clovis comme premier héros national. Dans le même temps, étaient entreprises des fouilles sur les sites gaulois, principalement à Bibracte, dans le Morvan, et à Alésia, en Côte-d'Or.

Plus récemment, l'immense succès de la bande dessinée *Astérix* a renforcé le lien qui nous unit aux premiers occupants historiques de notre pays, même s'il ne faut pas confondre divertissement et information. Obélix, par exemple, est fabricant de menhirs, alors que ces mégalithes ont été érigés par des populations vivant des millénaires avant les Gaulois et que leur signification devait leur être aussi incompréhensible qu'à nous-mêmes...

Pour s'en tenir à la stricte vérité historique, les Gaulois appartiennent au groupe plus large des Celtes, qui peuplent alors toute l'Europe du Nord et de l'Ouest, depuis l'embouchure du Danube jusqu'à l'Espagne, en exceptant la façade méditerranéenne. Ils sont également présents en Grande-Bretagne, qu'on appelle alors Bretagne tout court, et en Irlande.

Les Gaulois sont un peuple puissant. Ils se sont, durant les siècles précédents, montrés des conquérants redoutables. Ils ont fait des expéditions meurtrières en Grèce et en Asie Mineure, et ce sont les seuls qui ont pris Rome, en 387 avant J.-C., sous le commandement de leur chef Brennus.

Au début du Ier siècle avant J.-C., il n'y a pas une Gaule, mais trois. Les Romains appellent Gaule cisalpine la plaine du Pô, bien qu'elle fasse partie de leur pays. La Gaule transalpine (de l'autre côté des Alpes) est, quant à elle, divisée en deux. Le Sud-Est, avec les régions méditerranéennes et le Toulousain, est depuis peu une province romaine. C'est de là que la Provence tire son nom. Reste le Nord, la Gaule proprement dite, surnommé « chevelue ». C'est celle que César va conquérir de 58 à 50 avant J.-C.

Il s'agit d'un territoire plus étendu que la France actuelle, puisqu'il comprend la Suisse et toute la rive gauche du Rhin, c'est-à-dire la Belgique, le Luxembourg, la Hollande et la partie occidentale de l'Allemagne. Sa population est comprise, selon les estimations, entre dix et vingt millions d'habitants, chiffre considérable bien supérieur à celui de l'Italie. De cet ensemble, pourtant, on a pu dire qu'il n'existait pas vraiment, que c'était une création de César, qui en avait fait un pays unique pour donner plus d'éclat à sa conquête.

Il est vrai que la Gaule chevelue est formée de dizaines de petites nations indépendantes, qui ont chacune leur capitale, leurs chefs, leurs institutions et leur diplomatie propre, en particulier vis-à-vis de Rome. Mais si la Gaule n'existe pas politiquement – et ce sera une des causes de sa défaite –, elle forme quand même un pays.

D'abord, tous les Gaulois parlent la même langue, même si, malheureusement, ils ne l'écrivent pas et si elle est perdue pour nous. Du nord au sud, de l'est à l'ouest, les noms de villes comme les noms de personnes se ressemblent de manière remarquable. Ainsi, à côté de Vercingétorix, issu de la nation arverne (l'Auvergne actuelle), le chef des Trévires, qui habitaient le Luxembourg d'aujourd'hui, se nomme Cingétorix.

Ensuite, les Gaulois de la Gaule chevelue sont unis par le ciment de la religion. Même si chaque peuple a ses divinités locales, liées à des sources, des forêts, des montagnes, tous adorent les mêmes dieux et en premier lieu Teutatès, dont le nom signifie précisément « national ». Ces dieux ont des prêtres, les druides, qui se déplacent dans tout le pays et se réunissent une fois par an dans la forêt des Carnutes, en Beauce actuelle, qui était censée se trouver au centre de la Gaule. C'était l'occasion d'une sorte de pèlerinage, qui attirait des milliers de personnes venues de tout le pays.

La Gaule était loin d'être barbare. Par bien des côtés, elle frappe par sa civilisation. Le fort peuplement a favorisé le défrichement, les communications sont excellentes, avec de larges fleuves navigables et des routes remarquables, que les Romains ne feront qu'améliorer. Selon les conditions climatiques, un voyageur peut faire entre 40 et 70 kilomètres par jour. Il faut moins de trois semaines pour aller de la Manche à l'embouchure du Rhône, soit plus de 1 000 kilomètres.

L'organisation politique n'a rien de commun avec celle des peuplades primitives. Les diverses nations ont des chefs élus, parfois une Constitution. Les Éduens, par exemple, élisent leur magistrat suprême, le vergobret, pour un an, tout comme les consuls. Celui-ci dispose du pouvoir civil, mais pas du pouvoir religieux, qui appartient au druide, ni du pouvoir militaire. En cas de guerre, un chef est nommé pour conduire l'armée.

Dans tout le pays, la vie économique, s'appuyant sur la richesse de l'agriculture et la qualité des techniques, est prospère. Les marchands circulent facilement, les échanges monétaires sont intenses. La Gaule, on ne s'en étonnera pas, est renommée pour la qualité de ses produits alimentaires. Son blé, remarquable par sa légèreté, donne un pain supérieur, ses salaisons et ses fromages sont réputés comme les meilleurs du monde.

L'industrie n'est pas en reste. Les tissus sont d'excellente qualité et l'art de la teinture sans pareil. Les Gaulois ont, d'ailleurs, créé le vêtement moderne, cousu et ajusté, alors que les autres peuples portaient des pièces de tissu drapées sur le corps. En outre, bien qu'ils ne produisent pas encore de vin, ils ont inventé le tonneau, infiniment supérieur à l'amphore, tant pour le transport que pour la conservation des liquides.

Ce sont enfin des experts en métallurgie. Personne ne travaille aussi bien le fer et ils sont les seuls à pratiquer ces techniques particulières que sont l'émail et le placage d'or et d'argent.

On aimerait s'arrêter là ; malheureusement, le tableau comporte des côtés beaucoup plus sombres. La rudesse de leurs mœurs étonne et, parfois, laisse sans voix. Totalement indifférents à leur cadre de vie, ils habitent des maisons en torchis au sol de terre battue et au toit de chaume ; à l'intérieur, il n'y a ni mobilier ni décoration, tous leurs ustensiles sont grossiers. Cicéron a pu écrire : « Il n'y a rien de plus laid qu'une bourgade gauloise. »

Et surtout, les Gaulois sont d'une cruauté effrayante. Courageux, ne craignant absolument pas la mort, ils passent leur temps à se faire la guerre, décapitent les vaincus et conservent leurs têtes comme trophées dans des coffres. Ils pratiquent les sacrifices humains, quelquefois dans de gigantesques holocaustes comme au rassemblement des Carnutes et, à la mort des grands dignitaires, une partie de leur entourage est brûlée pour leur tenir compagnie dans l'au-delà. Comme on le voit, la réalité est bien loin du gentil village d'Astérix où la violence se résume à de sympathiques bagarres qui n'occasionnent que des bleus et des bosses.

Tels sont, au moment où César commence sa conquête, ces ancêtres que, dans le fond, nous connaissons si mal. Ils gardent d'effrayants vestiges des temps primitifs, mais ils se sont déjà largement ouverts à la civilisation. Curieux, d'esprit vif, adroits, d'humeur sociable, aimant tous les plaisirs de la vie, les Gaulois sont éminemment perfectibles. Dans le fond, même s'ils vont résister avec bravoure à l'envahisseur, ils sont prêts à prendre place dans l'ensemble romain, et la rapidité avec laquelle ils vont s'assimiler en est la meilleure preuve. Et puis, être vaincu par César, est-ce vraiment une défaite ? Grâce à ce conquérant de génie, doublé d'un grand écrivain, tous les petits latinistes du monde entier vont entendre parler pendant des siècles et des siècles de la Gaule et des Gaulois...

Alors, rejoignons à notre tour les protagonistes de cet affrontement. Nous sommes en 55 avant J.-C. et c'est en quelque sorte l'apogée de la conquête. Après des succès décisifs et avant le soulèvement général de Vercingétorix, le pays semble sur le point d'être pacifié, aussi César va-t-il aller plus loin et envahir la Germanie et la Bretagne. Pour cela, il ne va pas hésiter à jeter un pont sur le Rhin et à traverser la Manche avec sa flotte.

Bien entendu, Titus Flaminius ne pouvait rester à l'écart de ces grands événements. Le courage et la curiosité ne lui ayant jamais fait défaut, il n'allait pas se contenter d'une oisiveté dorée à Rome. Notre héros va donc découvrir nos ancêtres.

Personnes présentes au banquet du gui :

Titus Flaminius (sous l'identité de Titurius, marchand de vin)
Palinure, son affranchi
Viridomar, notable éduen, maître de maison
Gyptis, son épouse
Duna, sa fille
Acco, son fils
Viridovix, son beau-frère
Dumnorix, vergobret des Éduens
Bituit, druide des Éduens
Icostagos, assistant du druide et bourreau
Gaïla, riche veuve éduenne
Uxellos, notable éduen
Comnios, barde de Viridomar
Agrona, servante de Gyptis
Brogos, pauvre éduen ruiné par Viridomar

Bricco, pauvre éduen promis au sacrifice
Marcus Geminus, officier romain
Caius Celsus, officier romain
Mélétos, marchand grec
Cavarinos, marchand breton
Éphialtès, mage alexandrin
Serviteurs, servantes

1

Le druide de Rome

La maison Flaminius, sur les pentes du Caelius, une des sept collines de Rome, était renommée pour son luxe et pour son goût. Bâtie au milieu d'un petit bois qui donnait l'impression, en pleine ville, d'être à la campagne, elle était construite en béton recouvert de marbre, la toute dernière technique en matière d'architecture.

Quand on en franchissait le seuil, l'impression de beauté ne cessait pas, bien au contraire. L'atrium, cette pièce à ciel ouvert avec un bassin central, était décoré de neuf statues à l'effigie des muses. Celles-ci, un peu plus grandes que nature, étaient faites de marbre, blanc pour le costume et rose pour le visage et les mains, tant et si bien qu'elles avaient l'air vivantes. On avait placé sur le devant, pour accueillir les visiteurs, Thalie et Melpomène, muses de la comédie et de la tragédie.

À ce moment précis, c'était justement entre elles que se déroulait une scène qu'on aurait crue tirée d'une pièce de théâtre. Une jeune femme d'une trentaine d'années s'adressait avec véhémence à Titus Flaminius. Elle avait un visage distingué, des cheveux très bruns coupés court. Ses yeux noirs étaient noyés de larmes.

— Cela ne peut pas se terminer ainsi !

— Je ne t'avais rien promis, Camilla.

— Tout Rome nous avait mariés !

— Les gens parlent trop vite...

— Au moins, attends un peu. Ne me quitte pas tout de suite !

— Nous sommes aux ides de février. Dans quinze jours, ce sera mars, le mois de la guerre. Je dois partir.

Cela faisait déjà quelque temps, en cette année du second consulat de Crassus et de Pompée[1], que Titus Flaminius entretenait une liaison avec la ravissante Camilla, issue comme lui d'une des plus anciennes familles de Rome. Rarement on avait vu un aussi beau couple. Ils étaient de toutes les fêtes et, effectivement, la rumeur publique avait annoncé leur prochain mariage.

Seulement, leurs sentiments n'étaient pas les mêmes. Si Camilla, très éprise, avait cru découvrir en Titus l'homme de sa vie, ce dernier ne voyait dans

1. 55 avant J.-C.

leur relation qu'une simple aventure. Et c'était pour ne pas donner de faux espoirs à la jeune femme, ainsi que pour échapper à l'existence assez vaine des patriciens romains, qu'il avait pris récemment une grande décision : servir à l'armée sous les ordres de César.

Depuis trois ans, Jules César, sans en avoir reçu mandat de personne, avait entrepris la conquête de la Gaule. Il avait obtenu des succès exceptionnels et tous, même ses adversaires, l'avaient salué comme un conquérant de génie. Pour lui, cependant, la politique ne perdait pas ses droits. Comme chaque année, à l'automne, il avait quitté la Gaule pour Rome et avait multiplié les contacts avec les uns et les autres, principalement Pompée et Crassus, avec lesquels il était lié par un accord : le triumvirat. Lorsque Titus Flaminius était venu le trouver, il avait accueilli sa demande avec beaucoup de chaleur et lui avait promis une réponse précise aux ides de février.

Voilà pourquoi Titus avait demandé à Camilla de venir le trouver chez lui. Il voulait lui annoncer son départ, avec tous les ménagements possibles. Mais, ainsi qu'il s'y attendait, les choses s'étaient mal passées. Camilla n'admettait pas leur séparation. Après avoir pleuré et gémi, elle cherchait à présent à argumenter :

— Tu as l'âge de fonder une famille.

— Je n'ai pas encore servi mon pays. Il n'est que temps.

— Et si tu ne revenais pas ?

— Mon père est mort à la guerre. Si c'était le cas, je ferais, moi aussi, honneur à mon nom.

Camilla se mit à sangloter et à s'accrocher à Titus. La scène, qui se passait toujours entre Thalie et Melpomène, prenait effectivement des allures de tragicomédie.

— Tu vas m'oublier dans les bras des Gauloises. On dit qu'elles sont à la fois fortes et douces.

— Je t'en prie, Camilla, il arrive.

— Qui cela ?

— Eh bien, César...

En effet, l'illustre personnage, reconnaissable à sa haute stature et à sa couronne de laurier, gravissait le chemin de sable clair qui menait à la villa. Camilla s'enfuit en courant. Au passage, elle découvrit que César n'était pas seul. Il y avait avec lui un homme aux moustaches grises tombantes, vêtu d'une longue robe blanche. Sans doute un de ces Gaulois qui étaient pour elle synonymes de malheur. Elle leur décocha à tous deux un regard de haine.

Titus Flaminius s'avança au-devant de son visiteur pour lui souhaiter la bienvenue. À quarante-cinq ans, Jules César ne manquait pas d'allure. Il était, certes, entièrement chauve, mais il avait obtenu, à la suite de ses victoires, le droit de porter en permanence une couronne de laurier, ce qui lui permettait de dissimuler au mieux cette disgrâce. Pour le reste, son physique reflétait l'homme d'exception qu'il était : un front haut, un nez aquilin, un regard autoritaire et intelligent. Mais il prenait soin d'atténuer ce qu'il pouvait y avoir de dur en lui par l'amabilité de ses expressions. Ce fut tout sourire qu'il répondit au salut de Titus.

— Moi aussi, j'ai une grande joie à te rencontrer, Flaminius. J'ai tenu à venir en compagnie de Diviciacus. Tu as certainement entendu parler de lui.

Titus s'inclina devant son second visiteur. Ce dernier, malgré le gris de ses longs cheveux et de ses moustaches, n'avait visiblement pas encore quarante ans. Lui aussi impressionnait, mais d'une autre manière que César. Ses traits calmes et ses yeux bleu clair aux reflets profonds lui donnaient un air de grande sagesse.

Bien sûr, Titus avait entendu parler de lui. Diviciacus était druide. Il appartenait à la nation des Éduens, un des nombreux peuples entre lesquels la Gaule était divisée. Contrairement aux autres Gaulois, les Éduens étaient depuis longtemps les alliés des Romains et Diviciacus s'était rendu à Rome à l'invitation de Cicéron, qui ne tarissait pas d'éloges sur sa grande culture et l'élévation de sa pensée. Le Gaulois n'avait pas tardé à devenir une figure de la capitale et à recevoir le surnom de « druide de Rome ». César reprit la parole :

— Y a-t-il un endroit où nous pourrons parler discrètement ?

— Dans le tablinum. Suivez-moi.

Le tablinum était attenant à l'atrium. C'était une petite pièce pauvrement éclairée par une fenêtre haut perchée, qui faisait office de bibliothèque. C'est là aussi qu'étaient conservés les masques mortuaires des

Flaminius disparus, enfermés dans des coffres en forme de petits temples accrochés au mur. Les noms des défunts y étaient inscrits en lettres dorées. C'était l'âme de la maison et il arrivait à Titus de s'y retirer lorsqu'il avait besoin de rentrer en lui-même. César considéra les lieux avec respect et prit place, imité par les deux autres.

— Flaminius, j'aurais pu te donner une charge d'officier, mais je connais tes mérites et j'ai mieux à te proposer. C'est la raison de la présence de Diviciacus à mes côtés. Il s'agit d'aller dans son pays, chez les Éduens. Que sais-tu à leur sujet ?

— Ce qu'en sait tout le monde : qu'ils sont une des plus puissantes nations de Gaule et qu'ils sont nos alliés.

— C'est parfaitement exact. Et pour moi, il est capital qu'ils le restent.

— Parce qu'ils songent à changer de camp ?

Diviciacus intervint. Il avait une voix grave, un peu rocailleuse, mais parlait un latin parfait.

— Mon frère Dumnorix vient d'être élu vergobret, l'équivalent de consul chez vous, et il représente la tendance la plus opposée à Rome.

Titus Flaminius hocha la tête.

— Qu'attends-tu de moi, César ?

— Que tu ailles dans leur capitale, Bibracte, sous un déguisement quelconque – marchand de vin serait le mieux –, et sous un faux nom : je te propose Titurius. Tu seras bien reçu, les Gaulois sont très accueillants ; de plus, ils ont une véritable passion pour le vin. Une fois sur place, tu t'informeras discrètement de l'état d'esprit des uns et des autres. Je veux savoir si l'élection de Dumnorix est due à un mouvement d'humeur passager ou s'il se prépare un renversement des alliances. Lorsque tu te seras fait une opinion, tu viendras me trouver.

— Où seras-tu à ce moment-là ?

— Dans le Nord, quelque part près du Rhin. Tu seras tenu au courant des mouvements de l'armée. Réfléchis avant de me donner ta réponse. Cette mission n'est pas sans risque... Il est même certainement moins dangereux de combattre en première ligne.

— C'est un grand honneur pour moi. J'accepte avec reconnaissance !

Jules César le gratifia d'un sourire et d'un hochement de tête.

— Tu es le digne fils de ton père, Titus Flaminius. Dès que tu seras de retour à l'armée, tu prendras place parmi mes officiers et, si tu le veux, une belle carrière militaire t'attend.

Une carrière militaire ? Titus n'y songeait pas vraiment. Il voulait se battre, parce qu'il estimait que c'était son devoir de citoyen, mais de là à passer toute sa vie à l'armée, même comme général... La voix rocailleuse de Diviciacus s'éleva dans la pénombre du tablinum :

— À Bibracte, ton meilleur allié sera Bituit, le druide qui me remplace. Tu peux lui faire une totale confiance. C'est un homme d'une grande sûreté de jugement, il pourra t'être utile dans plus d'un domaine.

— Et de qui devrai-je me méfier ? de Dumnorix ?

— Pas seulement. Il y a sans doute des gens plus dangereux que lui. Mais Bituit te dira tout cela.

César intervint de nouveau :

— Un marchand de vin a toujours une aide pour la manutention des amphores. Vois-tu quelqu'un d'absolument sûr pour t'accompagner ?

— Mon majordome Palinure. J'en réponds comme de moi-même.

— Alors, fais tes préparatifs dès que possible. Le mieux serait que tu sois à Bibracte avant un mois.

César se leva, imité par le druide de Rome. Titus Flaminius les raccompagna jusqu'à l'atrium, leur fit ses adieux et les vit disparaître au fond de l'allée. Son regard se porta alors sur les statues de Thalie et Melpomène, aux visages si vivants. Comme il se doit, la muse de la comédie arborait un sourire réjoui, tandis que celle de la tragédie affichait une mine funèbre. Cela sembla à Titus une parfaite illustration de la situation qui était la sienne. Sa mission en Gaule serait-elle couronnée de succès ou le conduirait-elle à sa perte ? Il l'ignorait et c'était tant mieux ! Il fallait, de temps à autre, changer d'existence, oublier la facilité et la routine, pour tout remettre entre les mains de la Fortune.

Titus n'aurait jamais pensé que la Gaule soit un pays aussi facile d'accès. Depuis qu'avec Palinure ils avaient quitté l'Italie, ils n'avaient quasiment remarqué aucune différence. C'était à peine si les routes étaient moins larges et moins bien entretenues. À bord de leur chariot rempli d'amphores de falerne, le vin le plus renommé d'Italie, ils avaient cheminé à grandes étapes. Moins de quinze jours s'étaient écoulés depuis leur départ de Rome et ils étaient déjà au confluent du Rhône et de la Saône. L'endroit faisait frontière entre le pays des Allobroges et celui des Éduens. Ils étaient presque arrivés à destination !

Palinure avait accepté avec enthousiasme de seconder Titus dans sa mission. À trente-cinq ans, il alliait culture et débrouillardise. Même s'il était un esclave affranchi et portait le bonnet phrygien de laine qui symbolisait sa condition, il n'avait rien à envier à la plupart des hommes libres. Son défunt père était professeur, fonction souvent confiée à des esclaves, et lui avait donné la meilleure instruction dans tous les domaines du savoir.

Titus et lui étaient liés par une vive complicité. Ils avaient déjà fait équipe et pu constater à quel point ils se complétaient. Titus, plus méthodique, excellait à établir des plans d'action ; Palinure, plus imaginatif, n'avait pas son pareil pour s'adapter aux situations imprévues.

Arrivés à la borne qui matérialisait la frontière du pays éduen, Titus et Palinure s'acquittèrent du péage qui était dû chaque fois qu'on passait d'une nation à une autre, ce qui, en Gaule, arrivait souvent. Après quoi, ils montèrent dans le bateau qui les attendait.

S'il était impossible de remonter le Rhône en raison des vents dominants qui soufflaient du nord, sur la Saône, c'était l'inverse et ils allaient pouvoir faire ainsi une bonne partie du chemin qui leur restait à parcourir.

Leur lourd chariot prit place sans mal sur l'embarcation à fond plat munie d'une grande voile. Titus eut alors la surprise de découvrir un détachement romain, qui embarqua juste après eux. Il alla trouver celui qui semblait le commander et se présenta sous le nom choisi pour sa mission :

— Je te salue. Je suis Titurius, marchand de vin. Voici Palinure, mon affranchi. Nous allons à Bibracte. Et vous ?

L'homme, qui avait à peu près le même âge que Titus, leur jeta un regard dédaigneux et marqua un temps avant de répondre :

— Nous aussi, nous allons à Bibracte, mais nous n'y resterons pas. Nous rejoignons l'armée. Nous sommes en Gaule pour servir le pays, pas pour faire de l'argent.

Titus n'accepta pas ces manières méprisantes.

— Qui es-tu pour me parler sur ce ton ?

— Caius Celsus. Ma famille remonte à plusieurs siècles.

Titurius ne répondit rien. Il était en mission et il devait éviter tout incident inutile. Il était quand même étonné que ce Celsus soit d'aussi noble origine. Il n'avait jamais mis les pieds à Rome, en tout cas : les patriciens formaient un groupe fermé et il les connaissait pratiquement tous. Caius Celsus tourna les talons. Un autre gradé le remplaça.

— Je te salue, marchand. Je suis Marcus Geminus. C'est moi qui commande ce détachement.

Titus déclina son identité d'emprunt, déclara qu'il allait vendre son vin à Bibracte et s'étonna au sujet de l'autre Romain :

— Je croyais que c'était Caius Celsus qui commandait.

— Penses-tu ! Il n'est que centurion.

— Pourtant, il m'a dit être patricien. Comment peut-il occuper un poste subalterne ?

— Il est patricien, en effet. Sa famille est bien plus ancienne que la tienne et la mienne réunies, mais elle est ruinée. Il s'est engagé dans l'armée pour survivre. Je te conseille de le laisser tranquille, il en veut à la terre entière.

Titus n'avait pas besoin de ce conseil. Il n'avait aucune envie de lier plus ample connaissance avec le personnage. En revanche, il éprouvait d'emblée une certaine sympathie pour ce Marcus Geminus.

— Et toi, pourquoi es-tu ici ?

— Pour me venger.

— Comment cela ?

— Mon aïeul a été tué par les Cimbres à la bataille d'Orange. Quand on a retrouvé son corps, il lui manquait la tête. Ils l'ont prise pour en faire un trophée. J'ai juré que, moi aussi, je couperai la tête aux Gaulois !

— Et tu les garderas comme trophées ?

— Non, je ne suis pas un barbare. Je les laisserai aux corbeaux et aux loups. Mais je te jure que j'aurai ce plaisir avant d'avoir quitté le pays !

Titus considéra avec étonnement son interlocuteur. En cet instant, ses yeux lançaient des éclairs. Il se dit qu'il n'aimerait pas être en face de lui sur le champ de bataille.

Par la suite, Titus n'eut que peu d'échanges avec lui, comme avec le reste des Romains. Il préféra contempler, en compagnie de Palinure, la campagne gauloise qui s'offrait à leurs yeux sur les berges de la Saône. Le pays était bien plus fertile que l'Italie. Il était aussi beaucoup plus peuplé. Ils s'attendaient à voir de rares habitants perdus dans des forêts impénétrables, ils découvraient de vastes étendues cultivées, des villages nombreux et prospères.

Le maître et son affranchi se parlèrent beaucoup durant le voyage. Leurs impressions concordaient à propos de la richesse de la Gaule mais, pour le reste, leurs avis divergeaient. Pour exprimer les choses simplement, Titus n'aimait pas les Gaulois, tandis que Palinure était, au contraire, très curieux de les découvrir.

En fait, Titus Flaminius partageait à leur sujet l'opinion des Romains en général. Pour eux, à l'exception des Grecs, dont ils reconnaissaient la supériorité, tous les étrangers étaient des barbares. Les Gaulois aussi, mais eux, ils les craignaient. Ils n'avaient pas oublié, même si plus de trois siècles s'étaient écoulés, qu'ils avaient été les seuls à avoir pris Rome. Hannibal et

Spartacus auraient pu le faire, mais ils n'avaient pas osé. Brennus, avec ses hordes gauloises, lui, avait eu cette audace. C'était la raison pour laquelle les victoires de César avaient soulevé un tel enthousiasme à Rome. Grâce à lui, l'antique menace, le vieux cauchemar était en train de disparaître.

Titus rappela tout cela à Palinure, mais sans le convaincre. Celui-ci lui désigna un groupe d'hommes et de femmes qui partaient aux champs avec leurs instruments agricoles sur l'épaule.

— Regarde-les. En quoi sont-ils différents des paysans d'Italie ?

— Ce n'est qu'une apparence. Ils ont des mœurs sanguinaires. Les Cimbres ont coupé la tête de l'aïeul de Marcus Geminus.

— Les Cimbres ne sont pas des Gaulois. Ils avaient envahi leur pays.

— Ce sont leurs cousins. Ils leur ressemblent par la férocité. Détrompe-toi, ces gens ne sont pas comme nous.

— Alors, tant mieux ! Cela fera une découverte.

— On dit qu'ils adorent des dieux effrayants, qu'ils détestent tout ce qui est beau.

— Nous verrons bien...

Ce fut au matin du troisième jour que le bateau s'arrêta à Cabilonnum[1], cité dont l'importance les surprit encore une fois. Les installations portuaires étaient imposantes, une intense activité régnait et des

1. Chalon-sur-Saône.

entrepôts considérables regorgeaient de bois et d'autres matériaux. En compagnie du détachement romain, ils prirent la route qui s'enfonçait vers l'ouest en direction de Bibracte. Elle était assez large, assez résistante et assez bien entretenue pour que leur lourd chariot, convoyant plus d'une centaine d'amphores, progresse sans difficulté.

L'arrivée à Bibracte eut lieu aux nones de mars[1], aux environs de midi, et ce fut pour eux un étonnement supplémentaire. Ils s'attendaient à une ville ordinaire, il n'en était rien. Bibracte occupait le sommet d'un plateau aussi élevé qu'étendu. Des remparts immenses, peut-être aussi grands que ceux de Rome, ceinturaient l'agglomération, dont on pouvait se demander combien d'habitants elle abritait.

La route se mit à serpenter tout autour du massif montagneux et à s'élever rapidement. À mesure qu'on montait, on découvrait un paysage immense avec des forêts, des champs, des cours d'eau. La capitale des Éduens dominait leur pays comme un oiseau domine son territoire.

Mais bientôt, ils furent saisis par une odeur insupportable. Ils en comprirent la raison en arrivant devant la porte des remparts. De part et d'autre de l'entrée, deux vastes fosses avaient été creusées ; dans l'une pourrissaient des cadavres de chevaux, dans l'autre des cadavres de chiens. Les soldats romains

1. 9 mars.

qui faisaient route avec eux poussèrent des jurons de dégoût. Titus se tourna vers Palinure :

— On dirait que mon impression était la bonne.

Palinure ne perdit pas contenance.

— Cette coutume a sûrement une raison d'être. Le druide nous l'apprendra.

Ils se hâtèrent de passer la porte et de poursuivre leur chemin. Titus Flaminius fit la grimace. Il ne l'avait dit ni à César ni à personne, mais cette mission ne lui plaisait qu'à moitié. Il ne manquait pas de courage, il aurait bataillé hardiment au sein de la plus furieuse mêlée, mais devoir vivre pendant des jours et des jours, peut-être des mois, chez ces gens étranges et inquiétants, côtoyer un danger qui pouvait venir de partout à la fois le mettait mal à l'aise.

Il finit par se reprendre. Après tout, ces Gaulois n'étaient peut-être pas aussi sombres qu'ils en avaient l'air. Et puis, c'était la guerre.

Les fils de la mort

2

Les fils de la mort

— Mais où est Bibracte ?

C'était Palinure qui venait de poser cette question et Titus aurait été bien en peine de lui répondre. Il était tout aussi décontenancé que lui. Depuis qu'ils avaient franchi les remparts, il ne s'était strictement rien passé. Dans la ville, c'était la campagne qui continuait. Ils avaient d'abord traversé un petit bois et, à présent, ils longeaient un étang où des canards cancanaient au milieu des roseaux.

Au bout d'un moment, quelques habitations apparurent quand même. Elles étaient rudimentaires et laides au possible. Construites pour la plupart en pierres sèches, elles étaient serrées les unes contre les autres et à moitié enfouies dans le sol. La raison de cette dernière caractéristique se comprenait aisément.

En raison de l'altitude, bien qu'on soit à la mi-mars et en milieu de journée, il faisait franchement froid, et on imaginait quelle température il pouvait faire la nuit, en hiver.

L'ensemble de ces constructions avait la taille d'un hameau. Si le reste du site était à l'avenant, Bibracte, avec ses murailles de la taille de celles de Rome, ne devait pas dépasser quelques milliers d'habitants. Par curiosité, Titus et Palinure arrêtèrent leur char et jetèrent un œil à l'intérieur de ces demeures : ils ne virent que des trous noirs et enfumés. On ne distinguait pas le moindre mobilier, juste quelques ustensiles de cuisine. Et toutes étaient vides.

Ils reprirent leur chemin dans cette ville qui n'en était pas une, toujours sans rencontrer âme qui vive. Un peu plus loin, ils tombèrent sur un spectacle plus étonnant encore. Il s'agissait d'ateliers métallurgiques alignés les uns à côté des autres. Certains étaient de simples forges, d'autres, surmontés d'une cheminée, parfois d'assez grandes dimensions, étaient des hauts fourneaux où se fabriquait le métal. Et, là encore, tout était vide. Que les habitants ne soient pas chez eux pouvait se comprendre, mais un artisan ne quitte pas son travail sans une raison grave. Que se passait-il à Bibracte ? Un drame venait-il de se produire ?

Titus et Palinure continuèrent à cheminer un bon moment, rencontrant de temps en temps un groupe d'habitations ou encore une ferme isolée, une grange ou un entrepôt, mais sans rien croiser d'autre que des chiens et des animaux de basse-cour, quand, soudain, au détour du chemin, ils débouchèrent dans un vaste espace où se pressait une foule considérable. Il n'y avait pas de doute : toute la population de Bibracte était là. Ils mirent pied à terre pour découvrir de quoi il s'agissait.

Regardant dans la même direction que l'assistance, ils aperçurent un peu plus loin un bosquet de chênes encore entièrement dépouillés en cette période de l'année. Un personnage tout de blanc vêtu était monté sur l'un d'entre eux à l'aide d'une échelle. Il tenait une serpe d'or à la main et s'approchait d'une boule de feuillage, qui formait une tache verdoyante sur la branche dénudée.

Titus savait de quoi il s'agissait. Il avait lu un texte à ce sujet. L'homme qui était en train d'officier était un druide, sans nul doute ce Bituit qui, selon Diviciacus, devait être leur meilleur allié à Bibracte, et il était en train de cueillir du gui. Cette cérémonie, qui avait lieu peu avant le début du printemps, était pour les Gaulois la plus sacrée de toutes, ce qui expliquait que les habitants aient tout quitté pour y assister. Ce que ne disait pas le texte, en revanche, c'était pourquoi le gui avait cette importance chez les Gaulois, et Titus comptait bien le demander à Bituit dès qu'il le pourrait.

En attendant, tandis que le druide, toujours perché sur son échelle, prononçait des paroles qu'il ne comprenait pas, Titus prit le temps de détailler l'assistance. C'était la première fois qu'il voyait les Gaulois de si près et il ne pouvait résister à la curiosité. Il constata d'abord que les images traditionnelles qu'on colportait à leur sujet étaient loin d'être conformes à la réalité. Pour les Romains, tous les Gaulois étaient de haute taille, à la peau très blanche, presque blafarde, et aux cheveux d'un blond pâle ; quant à leurs compagnes, tout aussi blondes, elles étaient plantureuses et coiffaient leurs cheveux en longues tresses.

Or, si certains correspondaient effectivement à ce tableau, ce n'était pas le cas de tout le monde, loin de là. Il y avait des bruns et des brunes, des petits et des maigres, quelquefois avec un teint hâlé, comme on en voit au bord de la Méditerranée. Mais l'apparence physique des Gaulois n'était pas le plus surprenant, Titus était également impressionné par leurs vêtements. C'étaient les couleurs qui frappaient d'abord. À Rome, on ne voyait guère que le blanc des toges ; ici, chacun portait des tissus bariolés du plus vif éclat. Les Gaulois étaient sans nul doute des experts en teinture.

La manière dont étaient coupés leurs vêtements était plus insolite encore. Il ne s'agissait pas de pièces d'étoffe drapées sur soi, comme on en portait dans tous les autres pays, mais d'habits ajustés et cousus. Les hommes avaient des braies et des vestes, les femmes des robes. Outre leur côté seyant, ces habits devaient protéger bien mieux des rigueurs du climat que les vêtements traditionnels. Tout le monde semblait à l'aise, alors que Titus lui-même grelottait dans sa tunique à la romaine.

La cueillaison du gui était achevée. Le druide redescendit du chêne, avec sa boule verte à la main. Un autre personnage en blanc, sans doute son assistant, s'approcha alors d'un bœuf, blanc également, qui restait immobile sous l'arbre, la tête parée de fleurs. L'homme tenait un grand couteau et lui trancha la gorge avec une dextérité extraordinaire. L'animal s'abattit lourdement tandis que retentissaient des cris dans la foule. Le druide alla alors distribuer des branches de gui à certains des assistants qui se tenaient dans les premiers rangs, sans doute les principaux notables.

Titus voulut aller vers lui pour lui annoncer qu'il venait de la part de Diviciacus et commencer ainsi sa mission, mais il n'en eut pas le temps. Une fois la cérémonie terminée, la foule avait fait demi-tour et aperçu la charrette. Lorsqu'elle découvrit qu'elle était remplie d'amphores, ce fut une incroyable bousculade, presque une émeute. Des cris éclatèrent dans toutes les directions :

— Qui est le marchand ?

Titus se présenta. Tout le monde se jeta sur lui. Il manqua d'être écharpé.

— Pour une amphore, je te donne un esclave.

— Moi, une vache.

— Moi, six chèvres.

D'autres, les femmes comme les hommes, se défaisaient des bijoux d'or qu'ils portaient et les tendaient dans sa direction. Titus n'en revenait pas. César lui avait dit que les Gaulois avaient la passion du vin, mais ce n'était pas de passion qu'il fallait parler, c'était de folie. Sa marchandise ne valait pas des prix pareils, tout le monde perdait la tête ! La foire d'empoigne dura quelque temps encore, lorsqu'une voix autoritaire retentit :

— Laissez-moi passer ! Écartez-vous tous !

La cohue cessa et un personnage apparut, tenant une cassette à la main. Il était de grande taille, vêtu d'habits somptueux et portait au côté une épée au manche décoré de pierres précieuses. Ses cheveux et sa moustache étaient d'un blond très pâle, presque blanc, mais Titus eut le temps de remarquer que ce n'était pas sa couleur naturelle : les racines étaient brunes. Il se décolorait, ce qui devait être une forme de coquetterie chez les Gaulois. L'homme se planta devant lui.

— C'est toi, le marchand de vin ?

— Oui. Je suis Titurius, pour te servir.

— Ravi de te connaître. Moi, je suis Viridomar, le plus riche des Éduens...

Il se tourna vers les habitants de Bibracte, qui l'observaient à quelque distance, l'air envieux et respectueux à la fois, et ajouta d'un ton goguenard :

— Et de loin !

Il fit de nouveau face à Titus et lui tendit sa cassette.

— Je t'achète toute ta cargaison. Est-ce que cela suffira ?

Titus ouvrit la cassette et resta bouche bée. Elle était remplie de pièces d'or. C'était un véritable trésor, infiniment plus que ne valait sa marchandise. Il se récria :

— C'est beaucoup trop...

— Rien n'est trop pour Viridomar ! De quelle région de Rome es-tu, Titurius ?

— De Rome même.

— Alors, tu me raconteras les dernières nouvelles de la Ville. Je t'invite ce soir au banquet du gui. Il a lieu chez moi, bien entendu.

Titus exprima un contentement qui n'était pas feint. On ne saurait trouver meilleure entrée en matière pour faire connaissance avec les Éduens. Mais Viridomar l'interrompit au milieu de ses remerciements :

— Dis-moi, quand est-ce que César aura conquis la Gaule ?

Titus eut un sourire.

— Je n'en sais rien. Je ne fais pas partie de son état-major. Et puis, cela dépend peut-être aussi un peu des Gaulois.

— En tout cas, j'espère que ce sera bientôt. Vivement que tout le pays devienne une province, pour qu'on puisse commercer librement et s'enrichir !

Titus ne répliqua rien. Si l'homme était à ranger parmi les partisans des Romains, il le trouvait plutôt déplaisant. Mais il n'eut pas le temps de s'attarder à ces impressions. Le druide arriva à son tour devant lui. Du même âge que Diviciacus, il frappait lui aussi par son air réfléchi et sérieux. Il n'avait plus sa serpe d'or, mais encore une partie de sa boule de gui.

— Je te salue moi aussi, Titurius. Je suis Bituit.

Titus lui rendit son salut et lui présenta Palinure. Le druide leur tendit à tous deux une branche de gui.

— Prenez ceci en gage de bienvenue et d'amitié, et suivez-moi. N'oublie pas ta cassette, Titurius.

Tous trois s'éloignèrent. Tandis que ses domestiques convoyaient la charrette vers sa demeure, Viridomar lança à Titus :

— À ce soir ! Et je veux tout savoir de Rome !

Le druide les conduisit par un sentier qui traversait un petit bois derrière les chênes. Dès qu'ils furent assez loin, il reprit la parole.

— Je suis ravi de vous voir. Diviciacus m'a tout fait savoir par un messager. Je vous aiderai de mon mieux, mais la tâche ne sera pas facile.

— Les Éduens songent vraiment à se retourner contre les Romains ?

— Une partie. L'affrontement est commencé et il sera sans pitié, tu peux me croire !

— Viridomar semble être de notre côté.

— C'est effectivement un des plus ardents partisans des Romains, même si ce n'est pas le plus sympathique...

Le trajet n'en finissait pas. Les distances étaient décidément interminables dans cet univers étrange qu'était Bibracte. Titus s'enquit de leur destination.

— Nous allons au temple de Cernunnos. C'est le seul endroit où ton or sera en sécurité. Mais ce n'est pas tout près.

Titus en profita pour satisfaire sa curiosité :

— Comment se fait-il que les Gaulois soient si attachés au gui ?

— C'est un symbole d'éternité. Il reste vert sur

un arbre qui a perdu ses feuilles. Les dieux nous l'envoient pour nous faire savoir que la mort n'est qu'apparente et que la vie ne finira pas.

Titus apprécia la réponse et se dit que les Gaulois étaient plus civilisés qu'il ne l'avait pensé. Toutefois, lorsqu'ils arrivèrent à destination, l'aspect du temple de Cernunnos le fit revenir à ses anciens préjugés. Il était difficile d'imaginer bâtisse plus disgracieuse. Il s'agissait d'un vaste quadrilatère aux murs en rondins à peine équarris et au toit de chaume. Mais le pire était les deux fosses qui s'ouvraient sur le devant : dans la première, la carcasse puante d'un gros animal achevait de se décomposer ; dans la seconde, l'assistant de Bituit venait avec d'autres aides de déposer le bœuf blanc qu'ils avaient amené par chariot. Le druide dirigea la main dans cette direction.

— La victime de la fête du gui de l'année dernière et celle de cette année. Nous les mettons dans ces fosses jusqu'à ce qu'il n'en reste rien.

— Comme les chiens et les chevaux à l'entrée des remparts ?

— C'est le même rituel. Je sais que ces pratiques peuvent vous paraître barbares, mais ce sont des offrandes à celui qui est notre père à tous : les produits de la décomposition vont traverser le sol et parvenir jusqu'à lui, comme une libation.

— Qui est votre père ?

— Le dieu des enfers, celui qui correspond à votre Pluton. Nous sommes tous issus de lui. Les Gaulois s'appellent eux-mêmes « les fils de la mort ». C'est la raison pour laquelle nous comptons le temps en nuits et non en jours.

Titus ne fit pas de commentaire et, sa cassette remplie de pièces d'or toujours sous le bras, suivit Bituit à l'intérieur du temple. Il était aussi rudimentaire que l'extérieur : le sol était en terre battue et la pénombre qui régnait ne permettait de voir au premier abord qu'un poteau surmonté de cornes de cerf. À ses pieds s'enroulait un serpent sculpté dans le bois, lui aussi portant des cornes. Bituit commenta :

— Tu as devant toi la statue de Cernunnos, le dieu cerf. Il est associé avec le serpent à tête de bélier, divinité qui ne porte pas de nom.

Il alla déposer au pied de l'effigie le reste du gui et revint vers Titus.

— Je leur ai donné leur offrande, car eux aussi sont liés à l'éternité.

— Comment cela ?

— Tous les ans, le cerf perd sa ramure, le serpent perd sa peau, et toutes deux renaissent au printemps...

S'habituant à la demi-obscurité, Titus aperçut tout un lot d'objets brillants entassés sur le sol un peu plus loin.

— Ce sont d'autres dieux ?

— Non, ce sont les enseignes militaires. En temps de paix, on les garde dans les temples. On les sort quand il y a la guerre. Elles servent de ralliement à chacune des tribus de la nation.

Titus s'approcha. Ce spectacle ne le surprenait pas. Les Romains, eux aussi, avaient des enseignes figurant des aigles. Ici, il s'agissait d'autres animaux. La plupart représentaient des sangliers, mais il y avait aussi des coqs, des hérissons et des alouettes. Auprès d'elles étaient déposés de curieux instruments, visiblement des trompettes de guerre ; leurs tubes de bronze étaient terminés par de larges pavillons en forme de bêtes monstrueuses. Titus imagina qu'elles devaient émettre des sons stridents destinés à galvaniser les troupes et à terrifier l'ennemi.

Il fit quelques pas encore en direction d'un autre tas brillant. Il s'attendait à de nouveaux ustensiles guerriers, mais il s'agissait de pièces et de bijoux. Il en prit plusieurs en main : c'était de l'or le plus pur et il y en avait des quantités, pour ne pas dire des monceaux. Bituit lui désigna sa cassette :

— Pose-la ici. Elle ne risquera plus rien.

Titus s'exécuta, mais ne comprenait pas vraiment.

— Qui va la protéger ? Je ne vois pas de gardes.

— Elle est avec les offrandes à Cernunnos. Personne n'osera y toucher. Ce serait un sacrilège épouvantable. Tu trouveras de semblables trésors non seulement dans les temples, mais dans des sanctuaires en pleine nature. Aucun Gaulois n'a jamais porté la main dessus.

— Et un étranger ?

— Si c'était le cas, il n'irait pas loin...

Comme ils sortaient, Bituit lui désigna son assistant, qui s'éloignait en compagnie de quelques hommes après avoir déposé le bœuf sacrifié dans sa fosse. Sa silhouette longiligne tranchait avec celle plutôt trapue des autres.

— Regarde-le bien. Il s'appelle Icostagos. C'est mon aide. C'est aussi le bourreau. Méfie-toi de lui. Il a une véritable haine pour les Romains et il est capable de tout.

Le druide changea brusquement de sujet.

— Vous logerez chez moi. Nous allons nous y rendre et, ensuite, nous irons chez Viridomar pour le banquet du gui. Ne perdons pas de temps. Ce n'est pas tout près.

Titus eut un sourire. Compte tenu des distances qu'il avait déjà parcourues à Bibracte, la chose ne lui semblait guère étonnante.

L'heure du banquet du gui approchant, Titus et Palinure venaient de faire leur entrée, en compagnie de Bituit, dans la demeure de Viridomar, la plus grande de la ville. Mais si la bâtisse était effectivement immense, sa décoration n'était guère plus raffinée que celle des masures qu'ils avaient pu voir jusque-là. La pièce principale, où allait avoir lieu le banquet, était vide de tout mobilier, à part une longue table entourée de bottes de paille et un coffre de bois. De grandes pièces d'étoffes multicolores jetées sur la terre battue apportaient la seule note de chaleur.

La pièce était noire de monde. Il s'agissait principalement de domestiques, qui s'affairaient en tous sens. Les invités, au nombre d'une vingtaine, se reconnaissaient à leurs riches vêtements. Les hommes portaient le torque, ornement typique des Gaulois consistant en une sorte de collier torsadé. Les femmes, peu nombreuses, étaient particulièrement élégantes. Il régnait la plus grande gaieté. Les Gaulois savaient, de toute évidence, faire la fête...

Dans l'assistance figuraient aussi quelques étrangers. D'abord, les deux officiers du détachement romain, Caius Celsus et Marcus Geminus, qui étaient là en grand uniforme. Ensuite, on pouvait apercevoir un curieux personnage vêtu d'une tunique vert et noir. Il avait des allures orientales, sans qu'on puisse dire s'il était syrien, phénicien ou égyptien. Il ne se mêlait pas aux autres, mais semblait observer tout le monde avec intérêt. Il y avait aussi un Grec, reconnaissable à ce nez droit qui n'appartient qu'à ce peuple. Il respirait l'aisance. Il avait un certain embonpoint et des bagues d'or à plusieurs doigts. Dès qu'il aperçut Titus, il alla droit vers lui.

— Je te salue, Titurius ! Tu es déjà connu dans tout Bibracte. Il paraît que tu as fait fortune en vendant ton vin.

— Viridomar s'est montré généreux, il est vrai.

— Je m'en réjouis pour toi. Je suis Mélétos d'Athènes. Moi, je ne vends pas, j'achète. Les étoffes que produisent les Gaulois sont les meilleures du monde. Je vais ensuite les revendre à l'armée. Les officiers en sont fous. Même César m'en a pris.

— Tu viens souvent en Gaule ?

— Tous les ans. Le voyage n'est pas sans danger depuis la Grèce, mais plus on court de risques, plus le bénéfice est grand. Et toi, c'est la première fois ? Je ne t'ai jamais vu.

— C'est la première fois, en effet.

— Alors, tu as besoin de quelques conseils. Les Gaulois sont des gens assez curieux.

— Ils n'aiment pas les étrangers ?

— Si, au contraire. Ils sont très accueillants, mais ils sont d'une curiosité sans limites. Ils vont te poser mille questions, toutes plus indiscrètes les unes que les autres et tu devras leur répondre, sous peine de te fâcher définitivement avec eux.

Titus le remercia du conseil. Ces paroles étaient effectivement précieuses. Il ne devait froisser personne s'il voulait mener à bien sa mission. Mélétos n'en avait pourtant pas fini :

— Et puis, Viridomar et les autres notables vont te montrer le contenu de leur coffre. Là aussi, tu devras faire bonne figure.

— Leur coffre ?

Le Grec s'apprêtait à répondre, mais le maître de maison se dirigeait déjà vers eux.

— Trop tard. Bon courage, Titurius !

Mélétos s'éloigna et Viridomar le remplaça, l'air jovial.

— Compliments, Titurius ! Ton vin est excellent. J'en ai rarement goûté de pareil !

— C'est du falerne de la meilleure qualité.

Viridomar le prit familièrement par le bras.

— Viens ! Je vais te montrer quelque chose qui va t'intéresser...

Après ce que lui avait dit Mélétos, Titus s'attendait à ce qu'il le conduise vers le coffre, mais Viridomar ne prit pas cette direction. Il fendit la foule des domestiques qui s'affairaient avec une activité de ruche et s'arrêta près de la table. À côté, un grand cylindre de bois cerclé de fer et renflé en son centre avait été déposé.

— Sais-tu ce que c'est ?

— J'avoue que non.

— C'est un tonneau, une invention gauloise. Cela permet de mieux transporter le vin et de mieux le conserver. J'y ai fait transvaser le contenu de tes amphores.

Il s'empara d'une écuelle sur la table, la remplit et la tendit à Titus.

— Bois, Titurius. Tu vas voir qu'ainsi, il a bien meilleur goût.

Titus protesta.

— Le vin ne se boit pas pur. C'est beaucoup trop fort.

— Nous, nous le buvons pur !

Viridomar vida le récipient d'un trait et partit d'un grand rire.

— Vous, les Romains, vous êtes les meilleurs guerriers, mais nous, les Gaulois, nous sommes les meilleurs buveurs !

Très satisfait de sa répartie, il continua à s'esclaffer un bon moment, puis prit de nouveau Titus par le bras.

— Viens. Je vais te montrer une autre spécialité gauloise.

Cette fois, il le conduisit effectivement vers le coffre, qui trônait au milieu de l'immense pièce et, d'un geste un peu théâtral, ouvrit le couvercle.

— Eh bien, qu'est-ce que tu penses de cela ?

Après les propos de Mélétos, Titus s'attendait à une surprise quelque peu désagréable, mais le choc fut tel qu'il eut un sursaut et se rejeta brusquement en arrière. Il avait sous les yeux un spectacle répugnant. Le coffre contenait six têtes humaines tranchées. Cinq d'entre elles reposaient au fond, baignant dans l'huile, mais c'était la sixième la plus horrible.

Juchée sur les cinq autres, elle était tournée vers lui et semblait le regarder, même si ses yeux étaient clos. Elle était loin d'être dans un bon état de conservation : une partie de la joue droite était manquante, laissant voir l'os de la pommette, et les deux lèvres avaient disparu. Curieusement, Viridomar ne fit aucun commentaire. Il referma le couvercle et quitta assez brusquement Titus, en lui lançant :

— À plus tard !

Titus était encore sous le choc lorsque Bituit, qui avait été témoin de tout, vint le rejoindre.

— Je suis désolé pour toi, mais il fallait que cela t'arrive à un moment ou à un autre. Les têtes coupées sont une des plus détestables coutumes gauloises.

— Ce sont les têtes des ennemis qu'on a tués soi-même ?

— Normalement, oui. Elles sont considérées comme

des talismans très puissants. Mais elles peuvent aussi s'acheter. C'est le cas de Viridomar, qui ne s'est jamais battu avec personne, mais qui peut faire ce qu'il veut avec son argent...

Après cette épreuve, Titus avait besoin de se changer les idées. Puisque Bituit était auprès de lui, il allait pouvoir faire connaissance avec les participants au banquet. Ce serait une première étape dans l'accomplissement de sa mission. Il désigna au druide un superbe Gaulois, plus grand que tous les autres. Il avait au côté une épée richement décorée et il était le seul à porter un casque, en or de surcroît.

— C'est lui, Dumnorix ?

— Non. C'est Uxellos. Il appartient à la plus noble famille éduenne, mais il est beaucoup moins riche que Viridomar. Entre eux, c'est une rivalité permanente. Dumnorix, le vergobret, c'est celui que tu vois là-bas.

Titus découvrit un homme que rien ne distinguait vraiment des autres. Il ressemblait effectivement comme un frère à Diviciacus, avec ses moustaches tombantes et ses cheveux grisonnants. Peut-être même étaient-ils jumeaux. Pour l'instant, il était en grande conversation avec Icostagos, l'assistant du druide et bourreau. Tout cela n'était guère rassurant... Un autre grand Gaulois passa devant eux, remarquable par sa chevelure blonde aux reflets dorés et ses yeux d'une rare couleur bleu sombre. Bituit attendit qu'il se soit éloigné pour reprendre la parole :

— Celui-là, c'est Viridovix, le beau-frère de Viridomar.

— De quel côté est-il ?

— Du côté du dernier qui a parlé. Son physique est aussi avantageux que son caractère est insignifiant.

Titus aperçut un convive encore assez jeune, qui avait la particularité de tenir à la main un instrument de musique ressemblant plus ou moins à une lyre. Il paraissait de constitution fragile et ses cheveux bouffants lui donnaient des allures d'artiste.

— À ce que je vois, vous avez aussi des chanteurs à vos banquets.

— Nous les appelons des bardes. Chaque grand personnage en a un à son service. Comnios, que tu vois là, est chargé de célébrer les mérites de Viridomar. (Le druide eut un léger sourire.) C'est une tâche aussi ingrate que bien rémunérée.

L'étrange et quelque peu inquiétant individu en robe vert et noir ne pouvait échapper à la curiosité de Titus.

— Et celui-là, c'est un marchand ?

— Non, un mage égyptien. Il s'appelle Éphialtès, si je me souviens bien. Il est arrivé hier et il va rejoindre l'armée romaine. Il y a beaucoup de mages qui suivent l'armée... Celui-ci, en revanche, est marchand et il vient de loin.

Titus manifesta quelque surprise. L'homme que lui désignait Bituit avait les moustaches tombantes et portait le torque au cou.

— Il n'est pas gaulois ?

— Pas tout à fait, il est breton. Les Bretons font partie de notre peuple, ils parlent notre langue, mais ils habitent de l'autre côté de la mer. Cavarinos accompagne un convoi d'étain à destination de Rome. C'est la grande production de son pays.

Le banquet se faisait toujours attendre, mais Titus ne s'en plaignait pas : il n'aurait pu rêver meilleur moyen de faire connaissance avec ces gens en compagnie desquels il allait rester un bon moment. Il continua à parcourir du regard les invités. Ceux-ci étaient aisément reconnaissables car tous les domestiques avaient les cheveux teints en rouge et, pour les hommes, les moustaches également. Titus demanda au druide si la chose était courante.

— Non. C'est un raffinement digne de la richesse de Viridomar. On dit que c'est Gyptis, sa femme, qui a eu cette idée.

Les femmes ! Titus ne s'était pas encore intéressé à elles. Mais si elles étaient *a priori* moins importantes pour sa mission, il devait quand même les connaître, elles aussi.

— Où est la femme de Viridomar ? Je ne la vois pas.

— Elle doit donner ses ordres aux domestiques. Suis-moi.

Bituit conduisit Titus dans un autre endroit de l'immense salle, près de la table. Gyptis était effectivement là, s'occupant de tout, en maîtresse de maison attentive. Titus resta un moment à la contempler. On ne l'aurait jamais prise pour une Gauloise. Âgée d'une quarantaine d'années, elle avait de longs cheveux d'un noir intense, le teint très mat, une beauté éclatante et épanouie. Elle l'aperçut et interrompit ses activités pour venir vers lui.

— Tu es Titurius, j'imagine ? Mon mari est très impatient de converser avec toi. À table, il t'a placé entre nous deux.

— C'est un grand honneur pour moi.

— Il paraît que tu es de Rome. Tu me raconteras à moi aussi ce qui se passe là-bas ?

— Je te dirai tout ce que tu désireras.

Gyptis eut un sourire radieux.

— Merci, Titurius. Pardonne-moi, j'ai mille choses à faire. À tout à l'heure.

Gyptis s'éclipsa d'une démarche légère. Titus s'attarda à la suivre du regard, mais Bituit le rappela à la réalité :

— Là-bas, tu peux apercevoir Duna, la fille de Gyptis et Viridomar.

Encore une fois, Titus manifesta quelque surprise. Autant Gyptis était brune et de teint mat, autant Duna était pâle de cheveux et de peau. C'était une créature d'une vingtaine d'années aux yeux bleu-vert et au charme gracieux. Elle portait à chaque bras deux longs bracelets d'or en forme de serpent, qui lui montaient du poignet jusqu'au coude. Pour l'instant, elle avait une discussion animée avec Palinure. Titus commenta :

— La mère et la fille ne se ressemblent guère !

— Duna tient effectivement plus de son père, mais Acco, son frère, est le vivant portrait de Gyptis.

— Pourquoi n'est-il pas là ?

— Il est trop jeune, il n'a que seize ans. Avant leur majorité, les enfants n'ont pas le droit de se montrer avec les adultes. Tu feras bientôt sa connaissance. C'est un garçon très attachant et le meilleur de mes élèves.

— Tu es maître d'école ?

— Comme tous les druides. Un jour, c'est Acco qui me remplacera. Je l'ai déjà choisi comme successeur...

Une troisième femme allait prendre part au banquet. Bituit la désigna à Titus alors qu'elle s'entretenait avec le maître de maison. Elle s'appelait Gaïla ; c'était une riche veuve, et on disait que Viridomar avait juré d'obtenir ses faveurs.

Titus désirait absolument connaître tous les invités et il en restait encore deux qui ne lui avaient pas été présentés. D'ailleurs, ils se tenaient ensemble dans un endroit isolé de la pièce. L'un était tout petit et noir de teint ; l'autre, au contraire, était long et maigre, mais ils avaient en commun leur allure misérable. Leurs vêtements étaient grossiers et ils ne portaient aucun bijou, pas même le torque. Assurément, les domestiques étaient mieux habillés qu'eux. Titus s'enquit de leur identité. Bituit tarda à lui répondre. Il avait l'air gêné.

— Cela aussi fait partie des détestables coutumes gauloises. Le petit s'appelle Bricco. C'est un pauvre, qui a accepté d'être nourri un an aux frais des uns et des autres et d'être sacrifié aux dieux au bout de ce délai. Viridomar était obligé de l'inviter.

— Vous faites des sacrifices humains ?
— Hélas ! Mais nous sommes nombreux, parmi les druides, à nous y opposer et j'ai bon espoir de mettre fin à ces pratiques.
— Et l'autre ?
— Lui, c'est un peu différent. Il s'appelle Brogos. Sa famille était riche autrefois, mais son père s'est ruiné en prêtant de l'argent à Viridomar, qui lui a promis de lui rembourser le double après sa mort. Le père de Brogos s'est suicidé et, depuis, il attend son dû dans l'au-delà.
— C'est absurde !
— Pourtant, beaucoup de Gaulois acceptent de prêter dans ces conditions. C'est même grâce à cela que Viridomar a bâti sa fortune.
Ce dernier arriva justement et, sans le moindre égard pour le druide, qu'il bouscula presque, il prit Titus par l'épaule.
— Viens ! Je t'ai placé à côté de moi à table.
— Gyptis me l'a dit.
— Parce que tu as déjà fait la connaissance de ma femme ?
— J'ai eu ce plaisir.
Le Gaulois décocha une grande bourrade à Titus.
— Décidément, tu me plais, Titurius ! J'ai l'impression que nous n'allons pas nous ennuyer à ce banquet !

3

Le banquet du gui

Comme obéissant à un signal, tous les invités se dirigèrent vers la table, une immense planche sur laquelle des écuelles et des coupes de bois avaient été disposées. Malgré sa richesse, Viridomar ne possédait que de la vaisselle barbare, preuve que les Gaulois étaient totalement indifférents à ce genre de luxe. Le maître de maison indiqua avec autorité leur place aux uns et aux autres. Titus était à sa gauche et Gaïla, la riche veuve, à sa droite.

Titus remarqua alors que Dumnorix, le vergobret, qui avait été placé beaucoup plus loin, entre Bituit et son assistant, échangeait des propos véhéments avec le druide. Il était évident que, selon l'usage, tous deux auraient dû être aux côtés du maître de maison, mais il était non moins évident que Viridomar, en raison de sa fortune, pouvait se permettre tout ce qu'il voulait. Titus jeta un regard à Gyptis, qui était elle-même à ses côtés, pour voir comment elle prenait la chose, mais elle conservait un parfait sang-froid.

Tout le monde s'installa sur les bottes de paille qui servaient de sièges. Titus vit les deux officiers romains le faire avec quelque maladresse. Lui-même n'était pas trop à son aise non plus : c'était la première fois qu'il mangeait assis. Il aperçut aussi, de l'autre côté de la table, Palinure aux côtés de Duna, la fille de ses hôtes. Ils ne s'étaient pas quittés depuis le début de la soirée. Elle parlait et il écoutait...

Les plats arrivèrent, servis par la nuée de domestiques. Les écuelles furent remplies de soupe, faite, annonça Gyptis, avec des orties, de l'oseille, des choux et des lentilles. En même temps, des morceaux de viande fumants étaient déposés dans des plats au centre de la table, tandis que le vin était versé dans les coupes de bois. Titus réclama de l'eau pour le couper, imité en cela par tous les étrangers, mais ce ne fut le cas d'aucun Gaulois, pas même des femmes. Viridomar donna un grand coup de coude à Titus.

— Tu vas être malade, Titurius ! Ajouter de l'eau, c'est s'empoisonner !

Puis il se détourna brusquement de lui.

— D'abord la nourriture ! Ensuite, la conversation.

Il se jeta sur son écuelle et les autres convives en firent autant. Titus fit la grimace : les Gaulois mangeaient vraiment comme des bêtes ! Ils avaient plongé la tête dans leur soupe et l'absorbaient avec de grands bruits de succion. Viridomar, à ses côtés, releva la tête, les moustaches dégoulinantes de liquide, et émit un rot sonore avant de replonger.

Titus goûta le breuvage avec circonspection mais, à sa grande surprise, si la manière de manger des Gaulois était barbare, leur cuisine ne l'était pas, bien au contraire. La soupe avait un goût exquis, tant en raison de la qualité des produits que de la manière parfaite dont elle était accommodée. Elle n'aurait pas déparé dans les festins de la bonne société romaine, elle était presque digne de la table de Lucullus, le gourmet des gourmets !

De violents éclats de voix le tirèrent bientôt de ses réflexions. Après avoir englouti à toute allure le contenu de son écuelle, Viridomar s'était jeté sur les viandes disposées au milieu de la table et il avait agrippé la plus grande pièce, un superbe jambon en sauce. Mais un autre convive – Uxellos, le notable au casque d'or – avait fait le même geste au même moment. Viridomar lui lança :

— Retire tes mains de là !

Uxellos ne l'entendait pas ainsi.

— C'est toi qui vas les retirer ! Je dois être servi avant toi. Ma famille est la plus ancienne de Bibracte. Je descends de Brennus. Mes ancêtres ont pris Rome !

Pour toute réponse, Viridomar s'empara de son écuelle vide, la jeta au visage d'Uxellos, mais le manqua. Ce dernier ricana :

— Et toi, où ils étaient, tes ancêtres ? Personne ne

sait d'où tu viens. Personne ne connaît ta famille. De qui es-tu le fils ? Certainement d'un pas grand-chose !

— C'est toi qui es un pas grand-chose ! Si je voulais, je pourrais racheter ta maison, tous tes biens et tous tes esclaves. Et d'abord, ton casque n'est même pas en or, c'est Ollivico le forgeron qui me l'a dit. Il est plaqué : une toute petite pellicule d'or sur beaucoup de fer.

Uxellos poussa un véritable hurlement. Cette insulte était plus qu'il ne pouvait supporter. Il lâcha le jambon et sortit son épée.

— Ta tête va aller dans mon coffre !

Viridomar dégaina à son tour, mais Bituit se précipita.

— Vous battre au banquet du gui ! Sacrilèges que vous êtes !

Il s'empara du jambon.

— Je le garde pour le donner en offrande à Cernunnos, que vous avez offensé. Maintenant, regagnez votre place !

L'intervention eut pour effet de ramener le calme. Viridomar et Uxellos rengainèrent et se retirèrent sur leur botte de paille. Après quoi, tous les Gaulois, soulagés de cette issue heureuse, se jetèrent sur les viandes et se mirent à les déchiqueter à belles dents, en buvant force rasades de vin pur.

Titus était tellement saisi qu'il en oubliait son propre repas. « D'abord la nourriture, ensuite, la conversation », avait dit Viridomar, et c'était exactement cela. Pas un des Gaulois ne parlait. Tous, du petit

Bricco tout chétif et tout noir au grand Uxellos, avec son pseudo-casque d'or, dévoraient leur repas comme des affamés, dans un silence total. On aurait dit un repas de fauves. À part Mélétos, qui avait l'habitude et qui mangeait tranquillement, les autres étrangers s'étaient immobilisés pour les regarder, saisis.

Lorsqu'il se décida à attaquer sa viande à son tour, Titus fut à nouveau agréablement surpris : elle était délicieuse. Les Gaulois mangeaient comme des bêtes, mais cuisinaient comme des dieux. Viridomar, qui avait fini en un temps record le morceau dont il s'était emparé à la place du jambon convoité, recracha au loin un bout d'os et se tourna vers lui :

— Je suis désolé pour tout à l'heure, Titurius. Alors, cela te plaît ?

— Je te complimente sincèrement. On ne mange pas mieux à Rome.

— Tu dis cela pour me flatter.

— Je dis l'exacte vérité.

Viridomar se rengorgea. Il était aux anges.

— Mais parlons de toi. Où habites-tu, à Rome ?

— Sur le Caelius.

Le Gaulois eut un petit sifflement.

— Je vois que tu es riche ! C'est le plus beau quartier, avec le Palatin.

— Et moi, je vois que tu connais bien la ville.

— À force d'écouter les marchands, j'ai l'impression d'y avoir habité moi-même.

— Et tu parles un latin parfait. À t'entendre, on ne peut pas faire la différence avec un vrai Romain.

— Tu es trop aimable.

Tout autour de la table, les esprits commençaient à s'échauffer. Les Gaulois plaisantaient, entrechoquant leurs coupes de bois pour trinquer. Le grand Brogos, celui dont le père s'était ruiné et attendait son dû dans l'au-delà, semblait particulièrement agité. Soudain, il apostropha le maître de maison.

— Mon père m'a parlé, cette nuit, Viridomar !

L'interpellé eut un ricanement.

— Il est revenu d'entre les morts ?

— Non, il m'est apparu en songe.

— Grand bien lui fasse ! Si tu le vois de nouveau, donne-lui mon bonjour !

— Il trouve le temps long. Il s'impatiente.

— Eh bien, va le rejoindre pour lui tenir compagnie. Moi, je ne suis pas pressé.

— Il menace de hanter tes nuits si tu tardes trop.

— Qu'il vienne ! Je serais ravi de l'entendre et je sais ce que je lui dirais. Maintenant, tais-toi, sinon, je ne t'inviterai plus à ma table et tu crèveras de faim, comme le pouilleux que tu es !

Un éclair de haine traversa les yeux du grand Gaulois tout maigre, mais il n'était pas un notable, comme Uxellos, pour pouvoir défier son hôte. Il se rassit, dominé, vaincu. Viridomar se tourna vers Titus.

— Tu sais ce que je lui dirais ? Que c'est un imbécile ! Imagine qu'il était bien plus riche que moi quand je lui ai emprunté mille pièces d'or en lui promettant de venir lui en rendre deux mille après ma mort. Ç'a été le début de ma fortune. Après, j'ai emprunté de la même manière à d'autres et je suis devenu le plus riche des Éduens.

— Cela te fera beaucoup à rembourser le moment venu !

Viridomar, qui était en train de boire, s'esclaffa si fort qu'il recracha son vin.

— Pas toi, Titurius ! Tu ne vas pas me dire que tu prends au sérieux ces âneries ?

— Ce sont les croyances de ton pays.

— Je crois à un seul dieu, l'argent ! Mais assez parlé de moi. Parlons de toi : où sont tes vignes ?

— Je n'en ai pas. Je suis négociant. J'ai des entrepôts à Rome et j'achète du vin un peu partout en Italie.

— D'où vient celui que tu m'as vendu ?

— D'Oplontis, près du Vésuve. C'est la meilleure région.

— C'est sûrement vrai. Es-tu marié, Titurius ?

— Non.

— Pourtant, tu es en âge...

— Peut-être que je suis comme toi. Je ne suis pas pressé de faire une fin.

Viridomar apprécia beaucoup la réplique de Titus et lui donna une claque dans le dos.

— Sacré Titurius ! J'ai l'impression que toi aussi, tu sais t'y prendre avec les femmes !

La phrase avait été lancée à voix forte et Gyptis l'avait sûrement entendue, mais ce n'était visiblement pas cela qui pouvait le gêner.

— Comment s'appelait ta dernière conquête ?

En cet instant, Titus Flaminius rendit grâce à Mélétos. Si ce dernier ne l'avait pas instruit sur l'indiscrétion des Gaulois, il aurait certainement envoyé promener Viridomar et compromis sa mission. Il répondit donc le plus naturellement du monde :

— Camilla.

— Une jolie fille ?

— Très jolie.

— Et c'est toi qui as rompu, pas elle, bien sûr ?

— C'est moi.

— Eh bien, tu n'as qu'à te choisir une Gauloise pour la remplacer. À part ma femme, ma fille et ma voisine, tu peux prendre celle que tu veux ici !

Viridomar le délaissa soudain pour manger. Il s'empara d'un autre morceau de viande et le dévora avec la même frénésie que la première fois. Titus n'était pas fâché de cet intermède. Il avait besoin de souffler un peu après un interrogatoire aussi déplaisant. Mais le répit ne dura pas longtemps : le maître de maison se tourna vers lui, la bouche pleine.

— Et, en dehors des femmes, quelle est ta passion ?

— Qu'est-ce que tu veux dire ?

— Certains montent à cheval, d'autres jouent de la musique. Il y a bien une activité pour laquelle tu es meilleur que les autres ?

Titus réfléchit. Il était tenté de mentir mais, s'il s'inventait un talent imaginaire, l'autre était tout à fait capable de le mettre à l'épreuve et de découvrir la supercherie. Il opta donc pour la vérité.

— Les enquêtes.

— Comment cela ?

— Il m'est arrivé plusieurs fois de résoudre des affaires criminelles.

Instantanément, l'expression du Viridomar changea du tout au tout. Alors qu'il était jusque-là démonstratif et volubile, il se tut et considéra Titus d'un air sérieux, même grave.

— Tu veux dire que tu as retrouvé l'assassin de quelqu'un ?

— Oui.

— Pourrais-tu me promettre quelque chose ?

— Si c'est en mon pouvoir, bien volontiers.

— Si je suis tué, est-ce que tu rechercheras mon assassin ?

— Je te demande pardon ?

— Réponds-moi.

— Bien sûr, mais...

— Promets-le !

— Je te le promets.

Viridomar se dressa brusquement et réclama le silence. Il l'obtint au bout de quelques instants.

— Écoutez-moi, tous ! Si je suis tué, avant qu'il s'en aille, je charge Titurius de retrouver mon assassin.

Dans l'assistance, quelques rires hésitants éclatèrent, puis, lorsqu'on découvrit que le maître de maison n'avait pas l'air de plaisanter, ce fut la stupéfaction générale. Chacun échangeait des regards avec son voisin, son morceau de viande ou sa coupe de vin à la main. Viridomar se rassit et ajouta, à voix basse, pour Titus :

— Je vais t'aider : mon assassin est présent à ce banquet.

Titus n'était pas encore revenu de sa surprise.

— Mais enfin, si tu penses que quelqu'un a l'intention de te tuer, pourquoi ne pas le dénoncer ?

Viridomar ne répondit pas. Il se contenta de hausser les épaules.

— Dis-moi au moins qui c'est.

— Ce serait trop facile, Titurius !

Autour de la table, le malaise ne s'était pas dissipé. Viridomar s'en rendit compte et s'adressa à l'Égyptien en robe noir et vert :

— Éphialtès, tu es magicien, n'est-ce pas ?

— J'ai cet honneur.

— Alors tu connais certainement un tour qui pourra nous divertir.

Le mage acquiesça d'un signe de tête et quitta la table. Il revint un peu plus tard, un grand morceau de tissu noir à la main. Il l'agita pour montrer à tout le monde qu'il ne cachait rien et, sans cesser de le secouer, il s'adressa au maître de maison :

— Que dirais-tu, Viridomar, si je faisais apparaître pour toi ce qu'il y a de plus précieux dans cette pièce ?

— Je dirais que tu aurais bien mérité ton repas.

— Alors regarde !

Éphialtès fit un geste. Instantanément, une grande fumée noire s'éleva et le recouvrit tout entier. Quand elle se dissipa, il y eut un cri : le magicien tenait dans une main son voile noir et, de l'autre, une tête coupée. Il s'avança vers Viridomar.

— La veux-tu pour la mettre dans ton coffre ? Tout à l'heure, lorsque tu m'as montré les autres, tu m'as dit qu'elles valaient une petite fortune.

Viridomar ne répondit pas. Il était, comme les autres, ébahi devant la magie de l'Égyptien.

— Tu ne dis rien ? Eh bien, tant pis !

Il enveloppa la tête dans l'étoffe noire et la jeta très haut en l'air. Puis il rattrapa le morceau de tissu, le déploya et le montra sous tous ses angles : il n'y avait plus rien... Après un moment d'hésitation, des applaudissements éclatèrent, mêlés à des rires qui exprimaient surtout du soulagement. Viridomar lui adressa un salut de la main.

— C'est très bien, Éphialtès. Tu es un expert dans ton art ! Mais je ne sais pas si ton petit tour a vraiment ramené la bonne humeur. (Il interpella le barde.) Comnios, chante-nous quelque chose. Je ne te paye pas pour ne rien faire !

Le jeune homme, qui était en train de boire, sursauta et s'empara de sa lyre d'un geste hésitant.

— Que veux-tu que je chante, Viridomar ?

— Ma gloire, imbécile ! Es-tu déjà soûl, pour me poser pareille question ?

Comnios se hissa sur sa botte de paille afin de dominer l'assistance, et chacun put remarquer qu'il chancelait un peu, preuve qu'il avait effectivement trop bu. Mais si ses jambes étaient mal assurées, sa voix était ferme. Il entama une mélodie très harmonieuse, dont il modula les paroles avec beaucoup d'art. Instantanément, la tablée fut sous le charme. On s'était arrêté de manger et on le regardait.

Titus, lui aussi, appréciait ce chant, même s'il n'en comprenait pas les paroles qui étaient en gaulois, mais son esprit était ailleurs. Il se sentait encore sous le choc des paroles de Viridomar : « Mon assassin est présent à ce banquet... » Enfin, tout cela n'avait pas de sens ! Comment peut-on partager son repas avec quelqu'un dont on pense qu'il va vous tuer ? Surtout s'agissant d'un être comme Viridomar, violent, batailleur, totalement dénué d'états d'âme et de scrupules ! Il était prêt à s'étriper pour un jambon, et il ne ferait pas le moindre geste pour défendre sa vie ! Il n'aurait pas plus de réaction qu'un agneau qu'on mène au sacrifice !

« Mon assassin est présent à ce banquet... » Titus parcourut la table du regard. Il serait donc là, celui qui avait l'intention de tuer le maître de maison ? Mais qui ? Il fallait d'emblée écarter les deux Romains et les autres étrangers de passage, Mélétos et Éphialtès, même si le magicien venait de se montrer sous un jour un peu inquiétant. Alors, lequel des autres ?

Il y avait le barde lui-même, bien sûr. Titus avait pu voir que Viridomar le traitait comme un chien, mais il devait se comporter de la même manière avec tout le monde. D'autre part, en tuant celui qu'il servait, Comnios perdrait du même coup son moyen de subsistance. Alors, s'agissait-il d'Uxellos, qui avait failli se battre avec Viridomar, ou de Brogos qui, de toute évidence, le haïssait ? Peut-être. En tout cas, l'un comme l'autre semblait avoir oublié l'incident et écoutait, avec un sourire d'aise, le barde chanter sa gloire.

Le regard de Titus se porta sur Dumnorix. Le vergobret voudrait-il éliminer un adversaire politique ? Cela semblait peu vraisemblable de la part d'un premier magistrat fraîchement élu. Le rôle aurait pu convenir, en revanche, à Icostagos, l'inquiétant assistant de Bituit. Tuer ne lui faisait pas peur, lui qui était bourreau, et on avait pu voir, avec le bœuf blanc, de quelle manière il maniait le couteau !

Près de lui se trouvait le druide, mais il devait être écarté. Titus passa au suivant. Curieusement, c'était Bricco, qui était placé à ses côtés. Le petit être malingre et noiraud, promis au sacrifice, était le seul qui ne se soit pas arrêté de manger, comme si le peu de temps qui lui restait ne lui donnait pas le luxe d'attendre. Que se passait-il dans sa tête ? Comment avait-il pu accepter un pareil marché ? Bien sûr, promis au bourreau comme il l'était, il ne craignait plus la mort et pouvait commettre n'importe quoi, mais il était difficile de l'imaginer en meurtrier. Au contraire, il apparaissait comme un malheureux, une victime.

Continuant son examen des invités, Titus tomba sur Viridovix, le beau-frère du maître de maison. Il était juste en face et souriait vaguement, l'air à la fois absent et satisfait. Bituit l'avait décrit comme un bellâtre sans cervelle ni personnalité et c'était l'impression qu'il donnait, ce qui, à vrai dire, ne faisait de lui ni un innocent ni un coupable.

Le dernier était Cavarinos, et Titus avait pu constater une chose à son sujet : les Bretons étaient des Gaulois. Non seulement ils parlaient la même langue, mais ils avaient exactement le même comportement. Tout à l'heure, au moment d'entamer le repas, il s'était jeté sur sa nourriture de la même manière que les autres. Pour le reste, on ne voyait pas ce que ce marchand d'étain d'outre-mer serait venu faire parmi les suspects.

Titus chassa une pensée : le mot « assassin » pouvait aussi désigner une femme, mais il se refusait à voir l'une des trois convives en criminelle. Duna, la gracieuse enfant aux yeux de lac ou de rivière, tuer son père ? C'était tout simplement révoltant ! Et Gaïla, avec laquelle Viridomar s'était mis à s'entretenir galamment, était tout aussi incongrue dans ce rôle. Richement vêtue, ayant largement dépassé la quarantaine, dotée d'un certain embonpoint, elle avait l'air de tout, sauf d'une meurtrière.

Restait Gyptis, la belle Gyptis... Il se tourna vers elle. Elle ne le regardait pas, les yeux fixés dans le vide, droit devant elle Évidemment, elle avait un mobile : il n'y avait qu'à observer le comportement de son mari en ce moment même. Mais cela ne devait pas être la première fois qu'il se conduisait ainsi. Alors, pourquoi passerait-elle à l'acte maintenant ? D'autant que, s'agissant de son épouse, qu'il traitait de manière si méprisante, l'attitude de Viridomar devenait plus incompréhensible encore. Qu'il se laisse assassiner par elle sans réagir semblait proprement incroyable. Titus demanda à celle-ci :

— Que dit le barde ?

Gyptis se tourna vers lui. Elle avait un sourire triste, qui ajoutait à son charme.

— De jolis mensonges. La musique est plus belle que les paroles. Tu as de la chance de ne pas les comprendre.

Titus pensa que, pour lui parler aussi librement, elle était un peu ivre. D'ailleurs, un certain éclat dans ses yeux noirs ne trompait pas.

— Que veux-tu savoir sur Rome ? Je te dirai tout, je te l'ai promis.

— Parle-moi des femmes. Quelle est la dernière mode ?

— La dernière folie est de porter des perruques blondes faites avec des cheveux de Gauloises ou de Germaines.

— Les Romains préfèrent les blondes ?

— Certains. Mais ils ont tort. Le brun est tellement plus... (Titus considéra la chevelure de Gyptis en cherchant le mot juste)... troublant.

Le compliment la toucha vivement. Elle eut un frisson, qu'elle ne put dissimuler. Titus se dit qu'elle ne devait pas avoir l'habitude qu'on lui parle ainsi. Elle se reprit et continua à le questionner sur Rome. Il s'exprima donc longuement et il put constater qu'elle ne s'intéressait pas seulement aux modes et aux parures. Elle voulait tout savoir de la vie littéraire, intellectuelle et même politique. Elle montrait un esprit raffiné et sensible. Le moins qu'on puisse dire, c'est qu'elle était bien mal assortie avec l'être brutal et vulgaire qu'était Viridomar.

Titus pensait qu'à un moment ou à un autre, elle ferait allusion aux paroles que son mari avait prononcées sur son assassin, mais elle garda le silence. Elle avait l'air de souffrir. Par moments, un soupir lui échappait ; à d'autres, son regard se perdait malgré elle dans le vide. À la fin, Titus lui en fit la remarque :

— Tu sembles malheureuse.

— Je t'assure que non.

— Il y a en toi quelque chose de douloureux, un secret.

— Tout le monde a un secret.

Elle le regarda dans les yeux.

— Toi aussi, tu en as un. Tu ne me dis pas la vérité.

— Pourquoi te mentirais-je ?

— Tu n'es pas marchand. Les marchands, je les connais bien : il en passe tellement ici ! Pas un ne m'a parlé comme tu le fais. Ils auraient trop peur de provoquer la jalousie de Viridomar et de perdre sa clientèle. Toi, tu t'en moques, comme si je comptais plus que l'or. Qui es-tu ?

— Je suis marchand, Gyptis.

Mais elle secoua la tête, lui sourit et répéta, toujours sans le quitter des yeux :

— Qui es-tu, Titurius ?

Que se passait-il entre Palinure et Duna ? Ils n'auraient su le dire ni l'un ni l'autre, mais c'était peut-être la première fois qu'ils se sentaient aussi libres avec quelqu'un. Palinure, ainsi qu'il l'avait dit à Titus, était impatient de connaître les Gaulois, et Duna, comme sa mère et toutes les femmes de Bibracte, ne pouvait résister à l'attrait de Rome.

Palinure lui avait donc parlé de la plus grande ville de l'univers. Comme Gyptis, Duna avait manifesté une vive curiosité pour tous les aspects de la vie culturelle, artistique et intellectuelle. Mais il lui avait également raconté son enfance en Campanie, au sud de l'Italie, sur les pentes du Vésuve, dans ce pays si différent de la Gaule où il fait beau toute l'année, où les hivers sont parfois trop chauds et où il pousse des plantes dont elle n'avait même pas idée...

À son tour, la jeune fille lui avait parlé de son pays et de son enfance, qu'elle avait passée dans la nature. Depuis son plus jeune âge, dès que le temps le permettait et bien souvent en cachette de ses parents, elle s'échappait de Bibracte, cette ville si laide, pour explorer la campagne alentour. Elle se flattait de connaître chaque sentier, chaque cours d'eau, même le ruisseau le plus infime, presque chaque arbre.

Surtout, Duna avait parlé des serpents. Elle était leur amie depuis toujours et dieu sait s'il y en avait, dans ces contrées toujours humides ! Alors qu'elle ne savait pas encore marcher, tout juste se traîner, elle avait quitté la maison et sa nourrice l'avait surprise en train de jouer avec une vipère. Elle la regardait se glisser entre ses doigts sans la moindre frayeur. Sa nourrice avait poussé des cris et Duna avait été sévèrement punie, mais elle n'avait pas cessé, bien au contraire.

À la demande de Palinure, Duna parla de la religion gauloise, que les autres peuples ignoraient et méprisaient. Palinure découvrit ainsi des dieux plus proches de la nature et des forces vitales, avec lesquels les hommes avaient un contact familier, presque intime. Il y avait aussi, hélas, cette cruauté, qui faisait horreur à la jeune fille et qu'elle ne lui cacha pas.

Parmi toutes les divinités, une avait sa préférence : Sequana, la déesse de la Seine, qu'on honorait à la source du fleuve. Celle-ci se trouvait non loin de Bibracte et Duna s'y rendait souvent. À Sequana, elle confiait ses rêves, ses désirs, ses espoirs. C'était sa meilleure amie... Duna en était là de ses confidences, lorsqu'elle s'écria soudain d'une voix inquiète :

— J'ai l'impression que Sequana est ici !

— Que veux-tu dire ?

— Je ne sais pas. Je sens sa présence.

— Quand cela serait, je ne vois pas en quoi cela peut t'effrayer. C'est ton amie...

— Tu ne comprends pas ? Les rivières sont les amies des hommes tant qu'elles restent dans leur lit, mais quand elles en sortent, c'est pour apporter le malheur et la mort !

Ces propos, juste après ceux qu'avait prononcés Viridomar, alertèrent Palinure. Il ne put s'empêcher de faire le rapprochement et son esprit d'investigation se mit en marche.

— À quoi ressemble Sequana ?

— On ne la représente pas. Chacun la voit comme il le veut. Moi, j'imagine qu'elle me ressemble, un peu comme une sœur jumelle.

— Tu as peut-être vu une jeune fille de ce genre parmi les servantes. Regarde bien.

Duna les parcourut toutes du regard, mais secoua la tête.

— Non, ce n'est pas cela.

— Quoi, alors ?

— Je ne sais pas...

— Père ! Père !

Un jeune homme encore adolescent venait de faire irruption dans la salle, une épée à la main. Il avait de longs cheveux bruns, le teint mat, un visage intelligent, avec des yeux noirs brillant d'un vif éclat. De l'autre côté de la table, Gyptis poussa un cri en l'apercevant :

— Acco !

Le jeune homme s'adressa à Viridomar.

— Il y a des gens qui rôdent près de l'entrepôt.

La réaction du père fut d'une rare violence. Il hurla :

— Qu'est-ce que tu fais ici ? Tu as décidé de me déshonorer devant toute la ville ? Tu vas recevoir ce que tu mérites !

Viridomar mit la main à la poignée de son épée. Le jeune homme s'enfuit à toute allure. Son père dégaina et lança un grand moulinet dans sa direction sans l'atteindre. Il revint hors de lui, poussant des jurons en gaulois, que Titus ne comprit pas, mais dont il devinait la teneur. Sous l'effet de la surprise, Comnios avait cessé de chanter et, partout dans la tablée, un grand désordre s'était installé ; plusieurs personnes avaient même quitté leur place. Viridomar apostropha violemment le barde :

— Continue, crétin ! T'ai-je demandé d'arrêter ?

Il poussa encore deux ou trois jurons et reprit sa conversation avec sa voisine. Aux côtés de Titus, Gyptis tremblait de tout son corps. Il posa la main sur son bras, ce qui l'apaisa un peu. C'était vrai qu'il se moquait d'exciter la jalousie de Viridomar et que l'or qu'il pourrait gagner ou perdre dans cette aventure n'avait aucune importance pour lui.

— C'était ton fils ?

— Oui, répondit Gyptis. Il n'avait pas le droit de venir ici. Tant que les garçons ne sont pas en âge d'être guerriers, ils ne peuvent pas se montrer avec les adultes.

— C'est si grave que cela ?

— Mon mari l'a dit : c'est une honte pour lui, surtout devant le druide et le vergobret. Que s'est-il passé pour qu'il vienne quand même ?

— Rien de grave, certainement.

— Je ne me sens pas bien. Je veux du vin.

Elle fit un geste. Un des étonnants serviteurs aux cheveux et aux moustaches rouges vint la servir.

— Demande de l'eau. C'est trop fort. Tu ne vas pas le supporter.

— En Gaule, nous n'en mettons pas.

Gyptis prit sa coupe et but à longs traits.

— As-tu aimé, Titurius ?

— Une seule fois. Elle est morte.

— Je te demande pardon. La tête me tourne un peu.

— Je t'avais dit de mettre de l'eau.

— Ce n'est pas cela.

Gyptis recommença à regarder devant elle, les yeux perdus dans le vague. Elle n'était pas la seule à avoir abusé des libations. À présent, un peu partout autour de la table, des chants avinés s'élevaient, à tel point que le barde renonça à se faire entendre. Il quitta sa place et alla trouver Viridomar. Titus les vit avoir une discussion animée, qui dura longtemps. Après quoi, Comnios se retira et fut remplacé par Bricco, celui qu'on allait sacrifier aux dieux. Lui aussi eut une longue conversation avec le maître de maison. Au moment de regagner sa place, il avait l'air satisfait.

La voix de Gyptis s'éleva aux côtés de Titus. Cette fois, elle était complètement ivre. Elle butait sur les mots. Elle vacillait. Elle s'accrocha à lui.

— Tu n'es pas marchand. Tu es trop doux, trop raffiné... Qui es-tu ? Qui es-tu, Titurius ?

Là-dessus, elle s'effondra sur la table où elle se mit à dormir à poings fermés. Tout autour, c'était le même spectacle. Le vin pur faisait des ravages chez les Gaulois. C'étaient des plaisanteries lancées d'une place à l'autre, des chants de plus en plus éraillés. Ce tableau d'ivrognerie aurait dû inspirer à Titus du dégoût et du mépris, mais un autre sentiment l'emportait : la peur. Il s'entendit prononcer :

— Le banquet fatal !

Oui, ce banquet était fatal, au sens que les Romains donnaient à ce mot : marqué par le destin. Les destins s'étaient invités à cette table et ils s'y cachaient, sous les apparences anodines de la trivialité. Gyptis dormait d'un sommeil profond et Viridomar continuait à faire le joli cœur avec Gaïla, sans grand succès, semblait-il. Titus se leva. Il n'avait plus rien à faire ici. Ce qui devait se passer arriverait, ni lui ni personne n'y pouvait rien.

Palinure vint le rejoindre. Le tumulte et la confusion étaient tels que personne ne s'aperçut de leur départ.

4

Crime et jugement

Titus et Palinure partageaient une grande chambre dans la maison de Bituit. Ils dormaient encore, lorsqu'ils furent réveillés par la voix du druide :

— Venez vite, Viridomar a été assassiné !

Titus retrouva rapidement ses esprits.

— Comment est-ce arrivé ?

— Dans son lit, pendant son sommeil. Je vais vous y conduire. Mettez un manteau, il ne fait pas chaud.

Sans l'assistance du druide, Titus et Palinure n'auraient jamais pu trouver le chemin : il s'était levé un brouillard à couper au couteau. En outre, la température était effectivement glaciale. Ils furent néanmoins assez rapidement sur les lieux.

La chambre de Viridomar ne se trouvait pas dans le même bâtiment que la salle du banquet, mais dans un autre, distant de quelques dizaines de pas. En fait, pour loger sa famille et ses domestiques, le notable gaulois avait tout un petit village. Les trois hommes franchirent le seuil et découvrirent un spectacle dramatique.

La pièce baignait dans le sang. Il y en avait une énorme flaque sur la couche de paille, qui servait de lit chez les Gaulois. Deux hommes étaient en train de placer le corps de Viridomar sur une civière pour l'emmener. Titus se pencha sur lui. C'était un assassinat particulièrement sauvage : toute sa poitrine était percée de coups de couteau. Il interrogea le druide :

— Avec quoi l'a-t-on frappé ?

— Je l'ignore. Aucune arme n'a été retrouvée dans la pièce.

Deux autres hommes, des soldats, pénétrèrent à leur tour dans la chambre et Titus découvrit une autre présence : Gyptis était là, prostrée, dans les bras d'une servante. Les soldats s'emparèrent d'elle. Lorsqu'elle découvrit Titus à son tour, elle lui déclara d'une voix sans timbre, tandis qu'on l'emmenait :

— Je n'ai rien fait.

Mais Titus put constater, comme elle passait devant lui, qu'elle avait les mains barbouillées de sang... Une fois Gyptis disparue, Bituit reprit la parole :

— Le drame qui vient d'arriver risque de ne pas être le seul. Compte tenu des circonstances, Gyptis va passer en jugement.

— Quelles circonstances ?

— Le meurtre a eu lieu cette nuit. C'est Agrona,

la servante que tu viens de voir, qui l'a découvert. Gyptis était encore endormie à côté de son mari et elle avait les mains pleines de sang.

— Elle risque la mort ?

— Pire que la mort. Si elle est reconnue coupable, elle sera affreusement torturée, mais le bourreau veillera à ce qu'elle ne meure pas. Elle doit être brûlée vive avec les autres.

— Les autres ? Quels autres ?

Bituit baissa la tête et s'exprima d'une voix sombre.

— Lorsque meurt un grand personnage comme Viridomar, la tradition gauloise veut que plusieurs membres de son entourage soient brûlés à ses funérailles pour lui tenir compagnie dans l'au-delà. Je sais ce que tu penses, et je partage ton avis. Nous sommes nombreux, parmi les druides, à vouloir abolir cette coutume barbare et j'espère bien y parvenir lors de notre prochaine assemblée annuelle, à la forêt des Carnutes.

Titus jeta un regard à Palinure, selon qui les Gaulois gagnaient à être connus. L'affranchi était aussi sombre que le druide et baissa la tête à son tour.

— Je vois... Y a-t-il des gens que nous connaissons parmi les futurs sacrifiés ?

— Comnios, le barde, et Bricco, celui qui devait être sacrifié aux dieux. Au banquet, il est allé demander à Viridomar d'être immolé à ses funérailles s'il venait à mourir avant son supplice, et Viridomar a accepté. Il y aura, en outre, quelques domestiques.

— Et qui va juger Gyptis ?

— Le conseil de famille, constitué des plus proches parents du disparu. (Le druide afficha un air soucieux.) Dans le cas présent, cela pose un problème. Car ce qu'a dit Uxellos, lorsqu'il s'est disputé avec Viridomar, est parfaitement vrai : il n'avait pas de famille. Nul ne sait d'où il venait. Il s'est installé il y a une vingtaine d'années à Bibracte avec une petite fortune en pièces d'or, et il s'est enrichi plus encore en empruntant de la manière que tu sais.

— Viridovix n'est pas son beau-frère ?

— Si, mais par alliance. Il a épousé la sœur de Gyptis, qui vient d'ailleurs de mourir. Je vais demander que quelques personnalités de Bibracte l'assistent pour le conseil : moi-même, Icostagos, le vergobret et quelques autres. Nous nous réunirons aujourd'hui même, c'est la loi.

— Et ses enfants ne peuvent pas faire partie du conseil ?

— Non. Duna, parce que c'est une fille et qu'il n'y a que les hommes qui siègent, et Acco parce qu'il n'aura sa majorité que dans quelques semaines.

Titus hocha la tête.

— Que comptes-tu faire pour empêcher la condamnation ?

— Je vais réclamer l'indulgence au nom des principes d'humanité, mais je n'ai guère d'espoir.

Quelques heures plus tard, une mise en scène dramatique se déroulait dans la grande salle où avait eu lieu le banquet fatal. Le corps de Viridomar, qui était à présent vêtu de ses habits d'apparat, était étendu sur la planche faisant office de table. Il reposait là même où il avait festoyé et annoncé sa mort.

Le conseil de famille avait pris place sur les bottes de paille servant de sièges. Au centre, Viridovix présidait, l'air contrarié de devoir tenir ce rôle auquel il ne s'attendait pas. À sa droite et à sa gauche avaient pris place le druide et le vergobret. Icostagos et quelques notables, dont Uxellos, complétaient le tribunal, qui comptait en tout une dizaine de personnes. Uxellos, sans doute par respect pour le disparu, ne portait plus son casque doré. Il était tête nue.

Face à eux se tenait Gyptis. Elle avait un tout autre aspect que lorsqu'on avait découvert le crime. Elle avait fait soigneusement sa toilette et portait une robe blanche, qui mettait en valeur son teint mat et sa chevelure brune, peignée et huilée. En apparaissant ainsi, peut-être voulait-elle faire preuve de dignité, au moment où allait se décider son sort ; peut-être aussi voulait-elle utiliser ce qui était son ultime argument : son charme. Les yeux noyés de larmes, elle mit dans sa voix toute la conviction dont elle était capable pour s'adresser au président du tribunal :

— Viridovix, tu sais que je n'ai pas pu faire une chose pareille ! Je t'en supplie, au nom de ma sœur disparue, aie pitié ! Si tu as quelque sentiment pour moi, ne m'envoie pas à cette mort horrible !

On ne peut pas dire qu'elle fut payée de retour. À ses accents tragiques, le Gaulois au physique avantageux ne répondit que par une mine hésitante. Il détourna le regard et garda le silence. Icostagos, au contraire, se leva d'un bond. Celui qui serait son bourreau en cas de condamnation avait visiblement décidé de diriger l'accusation.

— Bien sûr que si, tu l'as fait ! Et tu avais pour cela une excellente raison. Chacun a vu hier soir ton mari faire la cour à Gaïla.

— Ce n'était pas la première fois qu'il courtisait une autre femme. Il n'a pas cessé de me tromper durant notre mariage.

— Mais cette fois, tu ne l'as pas supporté et tu l'as poignardé.

— Je ne l'ai pas poignardé.

— Alors, pourquoi avais-tu les mains pleines de son sang ?

— Je ne sais pas. Je ne comprends pas.

Le vergobret intervint à son tour. Il était moins agressif que l'assistant du druide, mais son ton était tout aussi ferme :

— Il est impossible que quelqu'un soit entré dans la chambre et ait tué Viridomar sans que tu t'en sois rendu compte. Même si tu étais ivre, tu te serais réveillée.

— Je n'étais pas ivre, j'étais droguée... Il y avait quelque chose dans mon vin !

— Tout le monde en a bu et personne n'a été incommodé.

— On a versé une drogue dans ma coupe !

— Qui ? L'assassin ? Tu l'as vu ?

Cette fois, Gyptis ne put rien répondre. Elle baissa

la tête. Dumnorix se tourna vers le beau-frère de la victime.

— Dans ces conditions, je crois que le verdict ne fait pas de doute.

Bituit s'apprêtait à prendre la parole, sans grande illusion, pour mettre en cause la pratique barbare de la torture, lorsque l'accusée poussa un cri :

— Attendez, il y a Titurius !

— Comment cela, Titurius ?

— Vous avez tous entendu mon mari, hier. Il a dit : « Si je suis tué, je charge Titurius de retrouver mon assassin. » C'était sa volonté. La dernière volonté d'un mort est sacrée. On ne peut pas me condamner avant que Titurius ait enquêté sur ce crime !

Dans le tribunal, il y eut un moment de flottement. Icostagos s'écria violemment :

— C'est un Romain ! Les Romains n'ont rien à faire dans les affaires gauloises !

Dumnorix et d'autres approuvèrent, mais des avis contraires se firent entendre en nombre au moins égal. À la fin, Viridovix, que tout le monde pressait de trancher, déclara :

— Je ferai ce que dira le druide.

Bituit prit donc la parole.

— Il serait effectivement impie de ne pas respecter la dernière volonté d'un mort. Si Titurius y consent, il mènera cette enquête. Il faut le faire venir ici.

Peu après, Titus était introduit dans la salle. Il ne put s'empêcher d'être impressionné par le spectacle :

le mort, allongé sur la table, semblait le témoin muet de ce qui allait se passer. Le tribunal lui tournait le dos, assis sur ces bottes de paille où il se trouvait lui-même la veille ; quant au coffre aux têtes coupées, oublié dans un coin, il semblait un présage sinistre, et Gyptis paraissait pathétique dans sa robe blanche... Elle se jeta à terre devant Titus et lui étreignit les genoux, les baignant de ses larmes, à la manière antique des suppliantes :

— Ne m'abandonne pas, Titurius ! Ne me livre pas au bourreau et aux flammes ! Je suis innocente, je te le jure sur mes enfants, ce que j'ai de plus cher au monde !

— Relève-toi, Gyptis. Je ne t'abandonnerai pas.

Bituit s'approcha de lui :

— Tu es donc décidé à mener cette enquête ?

— J'en avais fait le serment à Viridomar. Je n'ai pas l'habitude d'être parjure.

Dumnorix s'approcha à son tour :

— Je te parle en tant que vergobret. Si tu dois rester quelque temps à Bibracte, je ne pourrai pas répondre de ta sécurité. Tu t'exposes à de graves dangers.

— Le danger m'importe peu. Mais j'aurai une requête à formuler : que les immolations par le feu prévues à l'enterrement soient suspendues. Le criminel pourrait se trouver parmi ces personnes.

— C'est contraire à toutes nos traditions !

— C'est une condition indispensable. Mon enquête ne peut avoir lieu sans cela.

Il s'ensuivit une discussion assez animée, que Titus n'entendit pas car elle se tenait à voix basse et on l'avait fait reculer. Gyptis était, elle aussi, à l'écart dans un autre endroit de la salle. Elle était blême. De temps à autre, Titus lui adressait un sourire pour l'encourager. Enfin, on les fit revenir tous les deux et le verdict fut annoncé par la bouche de Viridovix :

— Titurius, le conseil de famille te charge d'enquêter sur la mort de Viridomar. Tu auras pour cela jusqu'à la dernière lune de septembre. Si, à cette date, tu n'as pas trouvé l'assassin, Gyptis sera torturée et brûlée, et les personnes qui devaient être immolées à l'enterrement seront brûlées avec elle. D'ici là, Gyptis sera enfermée dans l'île aux Femmes.

— Et si j'ai trouvé l'assassin ?

— Il subira le sort prévu pour Gyptis et elle sera libre.

Le jour même eurent lieu les funérailles de Viridomar. À la manière gauloise, elles furent simples, même s'agissant d'un personnage aussi riche, et ne s'accompagnèrent d'aucune cérémonie religieuse. Le corps du défunt fut déposé dans une petite fosse creusée non loin de sa maison. Ses armes et des provisions furent placées à côté de lui. Tout cela l'accompagnerait dans l'île des Bienheureux, située au-delà de l'océan, où les trépassés vivaient la même vie que les dieux.

Curieusement, pas la moindre pièce d'or ne fut enterrée avec lui. De quelle manière était-il censé rembourser tous les créanciers qui l'attendaient là-bas ?

Personne ne semblait se poser la question. Les croyances des Gaulois ne devaient pas être très claires à ce sujet. Toujours est-il que la tombe fut rapidement refermée et recouverte d'un petit tumulus de pierres sèches.

Tant en raison de la personnalité du disparu que des circonstances de sa mort, les habitants de Bibracte étaient venus en foule : il y avait presque autant de monde que pour la cueillette du gui. Seule Gyptis n'était pas là. Elle était enfermée dans la salle où avait eu lieu le jugement et gardée par des soldats en attendant son départ. Les visages étaient graves, mais personne ne semblait vraiment triste, à part Acco, le fils de la victime. Le visage plein de larmes, il alla trouver Titus :

— Sois remercié pour ma mère, au nom de tous les dieux, Titurius ! Tu la sauveras, n'est-ce pas ? Je suis sûr qu'elle n'est pas coupable.

— J'ai moi aussi de bonnes raisons de la croire innocente.

Le visage du jeune homme fut comme transfiguré par ces mots.

— Je veux t'aider dans ton enquête ! Dis-moi ce que je peux faire.

— Eh bien, ouvre les yeux et regarde !

— Que veux-tu que je regarde ?

— Les gens d'ici. S'il est vrai que ta mère n'est pas coupable, l'assassin de ton père se trouve parmi eux.

Acco parut vivement impressionné. Titus lui posa la main sur l'épaule.

— En attendant, tu peux m'aider en me répondant. Pourquoi as-tu fait irruption au banquet ? Tu n'en avais pas le droit.

— Mon père m'avait chargé de surveiller le bâtiment où il entrepose le vin. J'ai vu tout un groupe de gens arriver. Ils étaient armés. Je crois que j'ai un peu perdu la tête. J'ai voulu demander du renfort.

— Tu les as reconnus, ces gens ?

— Non. Il faisait nuit.

— Quand tu es revenu, ils étaient toujours là ?

— Ils avaient disparu. Je suis allé vérifier les tonneaux, ils n'avaient rien pris... S'il te plaît, laisse-moi t'aider dans ton enquête. Toi, tu es un étranger, les gens ne te parleront pas volontiers. Moi, je connais tout le monde.

— C'est moi qui ai été chargé de l'enquête. Je ne veux pas te faire courir des risques inconsidérés.

— Les risques sont plus grands pour toi.

Bituit quittait les lieux. Il n'avait pas pris part aux rituels funéraires, qui avaient été accomplis par les domestiques du disparu. Il se joignit à eux.

— Mon élève a parfaitement raison et ce que t'a dit Dumnorix n'était pas des mots en l'air : tu es en danger, ici.

— J'ai été chargé d'une mission par le conseil de famille. J'obéis à vos traditions et à vos lois.

— Certainement, et personne n'osera t'attaquer ouvertement. Mais par traîtrise, c'est autre chose. Sans compter qu'il y a l'assassin. Être torturé et brûlé vif n'est pas précisément un sort enviable. Il fera tout pour t'empêcher de le découvrir.

— Tu cherches à me décourager ?

— Non, je te mets en garde. Sois prudent. La première condition pour réussir ton enquête est de rester en vie...

Duna passa devant eux en compagnie de Palinure. Titus remarqua qu'à la différence de son frère, elle ne montrait aucune marque d'émotion. Mais peut-être manifestait-elle ses sentiments d'une autre manière. Il se tourna vers le druide.

— Renseigne-moi : qu'est-ce que l'île aux Femmes ?

— C'est une île sur la Loire, pas très loin d'ici. Il y a là-bas un temple de la mort servi par des prêtresses redoutables. Aucun homme, à part un druide, ne peut y aborder, sous peine d'être immédiatement massacré par elles. Il leur arrive, moyennant des offrandes, d'accepter de garder une pensionnaire pendant quelque temps.

— C'est donc toi qui vas l'accompagner ?

— Non, je préfère rester ici. C'est sa servante, Agrona, qui l'accompagnera. J'aimerais qu'elles partent au plus tôt.

— Il faudrait pourtant que tu me permettes d'interroger Gyptis. Elle sait peut-être des choses capitales pour mon enquête. Après, je ne pourrai plus le faire.

— Tu as raison. Je vais donner des ordres.

Peu après, Titus se retrouva de nouveau dans la salle du banquet. Comme Bituit avait fait retirer les gardes, il était seul en présence de Gyptis. Celle-ci se jeta encore une fois à ses pieds. Il la fit relever et mit un terme à ses remerciements éperdus :

— Nous avons peu de temps et j'ai des choses essentielles à te demander.

— Je t'aiderai de mon mieux...

— Viridomar se sentait menacé, il avait même peur d'être assassiné. Avait-il une raison à cela ? Avait-il reçu des menaces ? S'était-il produit récemment un incident quelconque ? Réfléchis bien.

Gyptis secoua la tête.

— Je ne vois pas. Ce n'étaient certes pas les ennemis ni les adversaires qui lui manquaient, mais il ne s'était rien passé de particulier.

— Quels ennemis ? Quels adversaires ?

— Les Gaulois opposés à Rome et tous ceux qu'il avait ruinés.

— Il y en avait beaucoup ?

— Oh, oui ! Il possédait des ateliers de textile et de métallurgie, des champs, des troupeaux. Il vendait à perte pour mettre en difficulté ses concurrents et, quand ils étaient en faillite, il les rachetait pour une bouchée de pain. (Gyptis poussa un soupir.) En fait, presque tout Bibracte avait une raison de le tuer !

— Pourtant, il ne s'agit pas de tout Bibracte. Viridomar m'a dit que son assassin était présent au banquet. Qui cela pourrait-il être, à ton avis ?

La belle Gauloise réfléchit intensément, mais secoua la tête.

— Je suis désolée. Je ne vois pas.

— Je t'en prie. C'est ton sort qui est en jeu ! N'importe quel indice peut m'aider.

Gyptis réfléchit de nouveau et eut le même geste d'impuissance.

— J'en suis bien consciente, mais je ne peux pas.

— Tant pis ! Parle-moi de sa famille.

— Il n'en avait pas. Il est arrivé à Bibracte il y a vingt ans, avec seulement un sac de pièces d'or.

— Je sais. Pourquoi t'a-t-il épousée, toi ?

— Parce qu'il me trouvait à son goût et que ma propre famille était riche. Il n'a d'ailleurs pas tardé à s'emparer de nos biens. Mon père est mort dans un accident, alors qu'ils étaient à la chasse ensemble. J'ai toujours eu des soupçons à ce sujet.

— Ils sont sans doute fondés... Par la suite, Viridomar ne t'a rien dit sur ses origines ?

— Jamais.

— Tu ne lui as pas posé de questions ?

— Si, au début de mon mariage. Il est devenu fou de rage. Il m'a frappée. J'ai cru qu'il allait me tuer. Après, je me suis tue. J'avais peur.

Gyptis s'approcha et posa la main sur son bras.

— Je te dois la vie, Titurius. Demande-moi ce que tu voudras et tu l'auras.

Titus la repoussa doucement, mais sans faiblesse.

— Ce que je veux, c'est la vérité, et je la trouverai, quelle qu'elle soit. Adieu, Gyptis !

Il appela les gardes et se retira.

Peu après, Palinure et Titus virent un char franchir les murailles de Bibracte. Il convoyait Gyptis, entourée de soldats. Sa servante Agrona était avec eux. Elle accompagnerait sa maîtresse en barque dans l'île aux Femmes. Après quoi, elle reviendrait avec la garnison.

Titus et Palinure s'en retournaient vers la maison où ils logeaient, lorsqu'un violent orage éclata. Ceux-ci étaient aussi brusques que fréquents au mois de mars. Rien ne l'avait annoncé. Le ciel était soudain devenu noir et de véritables torrents d'eau s'abattirent sur eux. Il faisait si sombre qu'on se serait cru la nuit et les deux hommes avaient toutes les peines du monde à retrouver leur chemin dans ce dédale qu'était la capitale des Éduens. Titus se souvint de l'avertissement de Bituit. Au milieu du déluge, il cria à son compagnon :

— Regarde autour de toi. Ce serait le moment idéal pour une agression.

Palinure se souvint, lui, des paroles de Duna, et lança à son tour :

— Il faut aussi regarder où nous mettons les pieds. Bibracte grouille de vipères !

Titus suivit le conseil et, tout en jetant un coup d'œil circulaire, conclut :

— César m'avait dit qu'il était moins dangereux de combattre en première ligne. Il n'avait peut-être pas tort !

5

Les têtes coupées

Le lendemain matin, Titus commença véritablement son enquête, assisté de Palinure. Il n'y avait pas de temps à perdre, du moins pour ceux qui allaient quitter Bibracte afin de rejoindre l'armée : les officiers romains et les marchands. Bien sûr, ils semblaient totalement étrangers à l'affaire, mais ils pouvaient apporter des informations importantes, voire capitales.

Ils décidèrent de commencer par Mélétos. On leur indiqua la maison où logeait le marchand grec et ils la trouvèrent non sans mal. Mélétos était effectivement sur le départ. Il donnait des ordres à ses deux esclaves, qui n'étaient, bien sûr, pas présents au banquet. Ils chargeaient sur un grand chariot des ballots d'étoffe, des tentes et autres équipements. Le Grec alla saluer Titus et son affranchi :

— Vous arrivez à temps, j'allais partir. L'atmosphère devient malsaine. Je ne tiens pas à m'attarder et je vous conseille d'en faire autant !

Titus lui rendit son salut.

— Au contraire, nous allons rester quelque temps. J'ai été chargé d'enquêter sur la mort de Viridomar.

— J'ai entendu qu'il t'avait demandé cela au banquet. À ta place, je n'aurais pas accepté, mais cela te regarde.

— Justement, à propos du banquet, si tu pouvais répondre à quelques questions.

— Bien volontiers. Que veux-tu savoir ?

— D'après Viridomar, son assassin y assistait. Aurais-tu noté un détail suspect concernant l'un ou l'autre ?

— Rien que tu n'aies vu et entendu toi-même. À mon avis, il y en a plus d'un à ranger parmi les suspects, mais de là à savoir lequel...

— Et avant, il ne s'est rien passé de particulier ?

— Rien. Viridomar m'a montré son coffre, comme à toi. Je l'ai complimenté pour ses têtes.

— Et celle du dessus, la plus abîmée ?

— De quoi parles-tu ? Il y en avait cinq conservées dans de l'huile. C'est tout.

— Mais non, il y en avait une autre, avec les lèvres et un bout de joue en moins !

— Je suis sûr de ne pas me tromper. S'il y en avait eu une sixième, et abîmée, par-dessus le marché, je l'aurais remarquée.

Titus et Palinure échangèrent un regard. Ils avaient

conscience que c'était là un élément décisif pour l'enquête. Titus reprit :

— Quand Viridomar t'a-t-il montré son coffre ?

— Très peu de temps avant toi. Juste avant que je vienne te parler.

— Et quelle a été son attitude ? Tu t'en souviens ?

— Absolument. Il a ouvert le couvercle et il m'a regardé d'un air goguenard en me demandant ce que j'en pensais. Quand il a vu que j'avais l'habitude et que cela ne me faisait rien, il a paru déçu et il a refermé son coffre.

Titus se rappela le comportement de Viridomar avec lui. Il s'était montré complètement différent. Quand il avait découvert le contenu du coffre, il n'était pas du tout goguenard, mais surpris et même, maintenant qu'il y réfléchissait, effrayé. Oui, il n'y avait aucun doute : Viridomar avait peur. Et pourquoi, sinon parce qu'il avait vu cette sixième tête qui, quelques instants plus tôt, ne s'y trouvait pas ?

— Je te remercie, Mélétos. Je crois que, grâce à toi, je viens de faire un grand pas.

— Si j'ai pu t'être utile... Je te souhaite bonne chance dans ton enquête.

— Et moi, beaucoup de succès dans tes affaires.

Ils se séparèrent sur ces mots. Sans s'être concertés, Titus et Palinure revinrent à pas pressés vers la maison de Viridomar. Il importait avant tout de voir si la sixième tête y était toujours. En traversant les bois et en longeant les étangs de Bibracte, ils échangèrent leurs impressions.

Elles concordaient. Cette sixième tête, c'était l'assassin qui l'avait placée là et, pour le maître de maison, elle signifiait l'annonce de sa mort. Cela ressemblait à une vengeance, à une vieille histoire qui aurait ressurgi. On pouvait penser, même si ce n'était pas certain, que la tête avait appartenu à une victime de Viridomar et que son vengeur l'avait apportée pour lui faire comprendre qu'il allait expier son crime.

Plus ils y réfléchissaient tous les deux, plus les choses se précisaient. La personne n'avait eu aucun mal à déposer son sinistre colis, vu l'affluence qui régnait dans la pièce. En le découvrant, Viridomar avait compris qu'il était en danger de mort, mais c'était tout. Il ignorait d'où venait le danger. Du coup, Titus comprenait ce qu'il avait jugé au premier abord incompréhensible : pourquoi il acceptait de partager sa table avec celui qu'il suspectait d'être son assassin. Il ne pouvait pas faire autrement. Il savait que quelqu'un voulait le tuer, mais il ne savait pas qui.

Ils arrivèrent assez rapidement dans cette grande salle où il s'était passé tant d'événements en si peu de temps. Rien n'avait changé. Le coffre était sagement à la même place, Titus et Palinure l'ouvrirent et... la sixième tête n'y était plus ! Il ne restait que les cinq du fond, baignant dans l'huile de cèdre. Une fois son crime accompli, l'assassin était venu récupérer ce qui aurait constitué un indice contre lui. Palinure, qui avait eu un court instant de dégoût en découvrant le spectacle, interrogea son maître :

— À quoi ressemblait la tête ? Était-ce un homme blond, brun ? Un Gaulois, un étranger ?

Titus ferma les yeux pour revoir l'image, mais sans y parvenir.

— Je ne sais pas. Mets-toi à ma place. J'avais l'œil attiré par les lèvres manquantes et l'os qui sortait de la joue. Je n'ai vu que cela.

— Quel âge avait-il à peu près ?

De nouveau, Titus essaya de se souvenir, mais cela non plus, il ne pouvait pas le dire. Il se trouvait dans l'étonnante situation d'être à la fois l'enquêteur et le témoin principal. Malheureusement, dans ce dernier rôle, il était impuissant... Il referma le coffre avec un soupir.

— Il n'y a rien à faire. Mais ne perdons pas de temps. Il faut interroger les étrangers à qui Viridomar a montré son coffre. Eux, ils ont peut-être vu la sixième tête...

Ils se mirent donc à parcourir Bibracte à la recherche des uns et des autres. De nouveau, ils échangèrent leurs réflexions et ils furent d'accord sur un point : tout cela ne cadrait pas avec la culpabilité de Gyptis. Il y avait là-dedans quelque chose de brutal, de masculin. Et puis, comme Titus avait pu le constater, Gyptis se trouvait alors à l'autre bout de la pièce, avec les domestiques, près de la table ; elle ne s'était pas approchée du coffre. Il fallait d'autant plus que l'enquête aboutisse. La vie d'une innocente était en jeu !

Éphialtès, lui aussi, était sur le départ. L'Égyptien s'apprêtait à monter dans sa charrette quand Titus et Palinure le découvrirent. Vêtu d'une tunique blanche à la romaine, il avait l'air beaucoup moins impressionnant que dans sa robe noir et vert. Quand il reconnut Titus, il eut une grimace de contrariété.

— Que me veux-tu ? Tu vois bien que je m'en vais.

— J'ai été chargé d'enquêter sur l'assassinat de Viridomar. J'ai juste une question à te poser à propos des têtes coupées.

— Je ne te dirai rien. Aucun magicien ne donne l'explication de ses tours.

— Il ne s'agit pas de ton tour, mais du coffre. Viridomar te l'a montré, n'est-ce pas ?

— Par malchance pour moi. Ces Gaulois sont des gens répugnants !

— Est-ce que tu peux me dire combien il y avait de têtes ?

— Si tu crois que j'ai compté ! J'ai à peine regardé.

— Il n'y en avait pas une toute seule par-dessus les autres ?

— Je n'en sais rien. J'ai à peine regardé, je te dis.

— Alors, juste un mot sur ton tour. Cette tête que tu as fait apparaître, tu l'avais prise dans le coffre ?

— Penses-tu ! Tout cela n'est qu'illusion, mirage.

— Et au banquet, tu n'as rien remarqué de particulier ?

— Rien, sinon que Viridomar allait mourir.

— Que veux-tu dire ?

— La mort était sur lui. Et la mort, c'est mon affaire...

Sans s'expliquer sur cette dernière réplique, Éphialtès monta dans sa charrette et s'empara des rênes.

— Allez, adieu, Titurius ! Il me tarde de retrouver l'armée de César et les Romains. Je ne sais pas comment tu fais pour rester chez ces sauvages !

L'équipage de Cavarinos se voyait de loin. Lui, ce n'était pas un chariot qu'il convoyait, mais une vingtaine, remplis à ras bord d'étain et tirés chacun par deux bœufs. Il surveillait ses nombreux esclaves en train d'atteler les bêtes. À la différence d'Éphialtès, il accueillit Titus et Palinure aimablement. Ainsi que Titus l'avait déjà remarqué, le Breton ne se distinguait en rien d'un Gaulois : mêmes moustaches tombantes, mêmes vêtements, mêmes attitudes. Soucieux de se concilier ses bonnes grâces, Titus commença par engager la conversation sur un ton anodin :

— C'est impressionnant ! Tout cet étain t'appartient ou tu es négociant ?

— Il est à moi. Je suis propriétaire de la plupart des mines de Bretagne.

— Ce doit être un transport bien difficile à effectuer.

— Il est très simple, au contraire ! Tout se fait en bateau. Sauf entre la Seine et la Saône, en passant par Bibracte, mais les routes sont bonnes.

Titus continua à discuter avec lui et comprit que

Cavarinos était un personnage considérable, peut-être le plus riche de son pays. Comme Viridomar, il souhaitait que la Gaule passe sous contrôle romain, afin de pouvoir développer son commerce, mais ses ressemblances avec lui s'arrêtaient là. On sentait chez lui un esprit intelligent et ouvert. Titus aborda enfin le sujet qui l'intéressait :

— Est-ce que Viridomar t'a montré son coffre ?

— Oui. Chez nous aussi cette coutume existe, même si, personnellement, je la désapprouve. Il avait cinq têtes coupées, c'est beaucoup.

— Tu es sûr qu'il n'y en avait pas six ?

— Non. Pourquoi ?

Titus préféra ne pas le mettre au courant des derniers développements de l'affaire et lui demanda s'il avait trouvé quelque indicc à propos du meurtre de Viridomar. Cavarinos secoua la tête.

— Non. D'après ce que j'ai cru comprendre, il s'agissait d'un assez sinistre individu, que beaucoup avaient des raisons de supprimer. Je sais que tu as été chargé par le conseil de famille de retrouver son assassin. Tous mes vœux t'accompagnent, Titurius. Ta tâche n'est pas facile et, de plus, elle est dangereuse.

Titus préféra aller trouver les Romains seul, sans Palinure. Il pressentait que les choses ne se passeraient pas sans mal et la présence de son affranchi aurait compliqué la situation. Caius Celsus, le patricien ruiné qui s'était engagé comme centurion, et

Marcus Geminus, son supérieur, étaient en compagnie de leurs hommes. Il les aborda :

— Il faut que je vous parle de la mort de Viridomar.

Immédiatement, Caius Celsus le rabroua :

— Et pourquoi, s'il te plaît ? En quoi est-ce que cela nous concerne ? Et j'ajouterai : en quoi est-ce que cela te concerne toi-même ?

— J'ai été chargé par le conseil de famille de retrouver son assassin et j'ai besoin de votre concours.

Marcus Geminus se manifesta à son tour. Il n'avait pas le ton agressif de son subordonné, mais il partageait son point de vue :

— Tout cela, ce sont des affaires de civils, Titurius. Nous sommes en Gaule pour faire la guerre, c'est tout.

— Ce sont des affaires civiles qui intéressent les militaires. Viridomar était l'un des principaux partisans de Rome chez les Éduens et son meurtre est peut-être une affaire politique. Je vous demande de rapporter la nouvelle à César.

Caius Celsus éclata de rire.

— Mais comment donc ! Nous allons déranger César de la part de Titurius, le marchand de vin !

— Exactement. Précisez-lui bien : « De la part de Titurius, le marchand de vin. »

Marcus Geminus intervint. Lui ne riait pas. Il était au contraire devenu subitement attentif.

— Tu connais vraiment César ?

— Je suis ici sur son ordre personnel, en mission confidentielle.

— Alors, nous sommes nous-mêmes à tes ordres. Qu'attends-tu de nous ?

— Que vous mettiez César au courant de la situation, comme je viens de vous le dire. Et aussi que vous répondiez à mes questions. Est-ce que Viridomar vous a montré les têtes coupées dans son coffre ?

— Non, tu penses bien qu'il n'a pas osé. Et je peux te dire qu'il a eu raison !

— Au banquet, est-ce que vous avez vu quelque chose de particulier ?

Marcus Geminus se tourna vers son subordonné, qui fit une moue négative. Il conclut :

— Moi, c'est la même chose. Les Gaulois sont des ivrognes et des barbares, à part cela, je ne vois rien à dire.

Titus les remercia et prit congé. Ils le saluèrent tous les deux avec étonnement et respect.

Titus retrouva Palinure chez le druide ; ils commentaient ensemble les derniers développements de l'enquête. Titus leur précisa qu'il avait demandé aux officiers romains d'informer César des récents événements et en revint à la question des têtes coupées, qui semblait la piste à suivre en priorité. Il interrogea Bituit :

— Comment en savoir plus à leur sujet ?

— Allez trouver Tasgétios, le faiseur de têtes. C'est

comme cela qu'on l'appelle. Il a sa boutique dans le quartier des ateliers.

Titus et Palinure s'y rendirent sans attendre. L'endroit se trouvait à peu près au centre du vaste plateau qui abritait Bibracte. Ils l'avaient déjà traversé le jour de leur arrivée, mais sans s'attarder. Maintenant, ils en découvraient toute l'étendue. Outre les hauts fourneaux avec leurs grandes cheminées, qui les avaient frappés la première fois, il y avait des ateliers de métallurgie, de textile, de poterie, de menuiserie. Si Bibracte, cette ville qui n'en était pas une, était un endroit laid au possible, c'était aussi un centre industriel très important, qui témoignait du dynamisme de la Gaule.

L'échoppe de Tasgétios était un peu à l'écart, comme si personne ne voulait côtoyer de trop près son inquiétante activité. Il s'agissait d'une maison en pierres sèches à demi enterrée, comme il y en avait beaucoup à Bibracte. La lumière provenait d'une unique ouverture dans le toit. En les voyant entrer, Tasgétios se précipita. C'était un petit homme au type gaulois caricatural : cheveux longs et moustaches tombantes d'un blond très clair.

— Soyez les bienvenus ! J'ai rarement le plaisir d'accueillir des Romains chez moi.

— Nous enquêtons sur la mort de Viridomar.

— Ah ! Et que voulez-vous savoir ?

— Si tu as fait pour lui une tête, qu'on lui aurait apportée le jour du banquet.

— Non. À quoi ressemblait-elle, cette tête ?

— Elle était abîmée. Il manquait les lèvres et un bout de joue.

— Quelle horreur ! Si elle était dans cet état, c'est qu'elle avait été prélevée sur un cadavre. Du travail d'amateur ! Jamais une tête abîmée n'est sortie de chez moi. Tenez, regardez plutôt !

Tasgétios plongea la main dans une bassine posée sur une sorte d'établi encombré de récipients en terre cuite, et en sortit un objet dégoulinant. Titus et Palinure reculèrent. Il s'agissait de la tête d'un beau jeune homme aux cheveux bruns coupés court. Il avait les yeux grands ouverts, des yeux bleus, et semblait les regarder. Tasgétios commenta :

— Une tête doit, si possible, être coupée vivante. Ce fut le cas de celle-ci. Pour l'instant, elle n'est pas dans l'huile de cèdre, mais dans un liquide de ma composition qui permet d'obtenir une meilleure consistance. Ensuite, je vais retirer certaines parties intérieures, qui résistent mal au temps...

Titus coupa court à cet exposé technique :

— Cette tête, elle est pour qui ?

— Pour Uxellos. C'est un adversaire qu'il a tué en duel.

— Et celles de Viridomar, c'est toi qui les lui as préparées ?

— Oui, mais pas directement. Je les ai faites pour d'autres, à qui il les a rachetées. Viridomar n'a tué personne. Il ne savait pas se battre.

Titus et Palinure n'en écoutèrent pas plus. Ils quittèrent le faiseur de têtes sans le saluer.

Comme pour les officiers romains, Titus préféra aller trouver Dumnorix sans Palinure. Le vergobret ne pourrait refuser de le recevoir, puisqu'il avait été officiellement désigné par le conseil de famille, mais ce n'était pas le cas de son affranchi et Dumnorix aurait pu en tirer prétexte pour refuser de lui répondre.

Effectivement, lorsqu'il se présenta chez lui, une grande bâtisse dans le genre de celle où avait eu lieu le banquet, Dumnorix l'accueillit peu aimablement mais ne lui ferma pas sa porte. Il était en conversation avec quelques guerriers gaulois. Titus se dit qu'il s'agissait peut-être de chefs de cités étrangères avec lesquels il était en train de faire des projets contre Rome. Le vergobret pria ses visiteurs de se retirer et vint vers lui.

— Salut, Titurius ! Où en est ton enquête ?

Il n'était pas question de le mettre au courant de sa découverte. Titus répondit sans se compromettre :

— Pour l'instant, j'en suis au même point, mais je compte sur toi pour progresser.

Il aperçut alors, dans la grande pièce, un coffre de bois semblable à celui de Viridomar. Il le lui désigna du doigt.

— Tu ne me montres pas son contenu ? Je croyais que c'était la coutume, chez les Gaulois.

— Tu es bien le premier Romain à me le demander. Mais si cela peut te faire plaisir...

Il alla soulever le couvercle. Titus découvrit quatre

têtes baignant dans l'huile, semblait-il en bon état de conservation. Peut-être venaient-elles de chez Tasgétios. Il déclara :

— Viridomar en avait plus.

Le vergobret referma son coffre, en haussant les épaules.

— Oui, je sais, une de plus ! Mais les miennes, ce sont celles d'ennemis que j'ai tués de ma main. Je ne les ai pas achetées à d'autres, comme ce parvenu.

— Tu ne l'aimais guère, semble-t-il

— Personne ne l'aimait, chez les Éduens. C'était un vaurien, un impie qui ne croyait pas aux dieux. Il traitait tous les gens comme des chiens, spécialement les personnes de son entourage. En plus, il n'était pas d'ici.

— C'est ce qu'on m'a dit, en effet. Et toi, en tant que vergobret, tu n'en sais pas plus que les autres ?

— Que veux-tu que je sache ? Quand il est arrivé, il y a vingt ans, j'étais tout jeune. Normalement, les inconnus ne se font pas admettre aussi facilement, mais il a distribué ses pièces d'or à droite et à gauche... D'où lui venait l'argent qu'il avait avec lui en arrivant ? Je suis sûr qu'il se l'est procuré de manière malhonnête !

— Tu en es sûr, mais tu ne sais rien de précis...

— Eh bien, découvre-le ! C'est peut-être en rapport avec son meurtre. Le conseil de famille t'a désigné pour cela, non ?

— Je compte bien le découvrir, Dumnorix !

Titus le salua et se retira sur ces mots. Il voulut aussitôt après retrouver Palinure. La journée était bien avancée et ils décidèrent d'aller interroger Comnios avant qu'elle se termine. Le barde habitait dans le petit village qui abritait la famille et le personnel de Viridomar. Tout en s'y rendant, les deux hommes firent le point.

Même s'ils ne sympathisaient guère avec le personnage, ils convinrent que le vergobret avait raison : l'origine des pièces d'or que Viridomar avait sur lui en arrivant à Bibracte, il y a vingt ans, devait être malhonnête, voire criminelle. Pour s'en emparer, il avait dû commettre un meurtre, ou quelque chose d'approchant, et sa propre mort était liée à cet ancien forfait. L'enquête consistait effectivement à découvrir ce qu'il avait fait alors et, lorsqu'on le saurait, on connaîtrait du même coup l'assassin. Seulement, comment faire ? Viridomar avait soigneusement coupé les ponts avec son passé... Ils en étaient là de leurs réflexions, lorsque Palinure changea de sujet :

— Il faut que je te parle de Sequana.

— Qui est-ce ?

— La déesse de la Seine.

Et il rapporta les propos étranges et assez inquiétants de Duna sur cette divinité qui aurait été présente au banquet, et sur ces rivières qui, si elles quittent leur lit, apportent aux hommes le deuil et la mort. Titus ne fut pas convaincu.

— Je ne vois pas où cela nous mène. Sequana est une femme et rien de ce que nous découvrons depuis le début de cette enquête n'est féminin : ces têtes coupées, ce meurtre sauvage à coups de couteau. C'est une histoire barbare, une histoire d'hommes. Nous l'avons dit à propos de Gyptis.

— Il n'empêche que j'aimerais approfondir cette piste.

— Parce que Duna te plaît, avoue-le !

— Je l'avoue, mais ce n'est pas seulement pour cela. Elle me fait découvrir les Gaulois. J'ai l'impression que, pour réussir vraiment dans cette affaire, il faut les connaître de l'intérieur. Penser comme eux, sentir comme eux...

Titus n'eut pas le temps de répliquer : ils étaient arrivés à destination. La maison de Comnios, avec ses murs en torchis et son toit de paille, n'avait rien de particulier par rapport aux autres mais, dès qu'ils en eurent franchi le seuil, ils eurent une agréable surprise. Le barde était le seul dans tout Bibracte à avoir un goût quelque peu raffiné. La pièce était meublée d'une table basse, d'un lit à la romaine et de deux fauteuils. Une étagère supportait de la vaisselle grecque d'assez bonne facture ; il y avait même, sur un socle de marbre, une petite statue de Vénus. Un candélabre en bronze éclairait le tout. À la vue de Titus, Comnios se leva.

— Je salue celui qui m'a rendu la vie et qui va me la reprendre !

Le barde titubait. Il était ivre. Titus s'étonna.

— Que veux-tu dire ?

— Tu as fait suspendre les immolations par le feu

pour ton enquête mais, dès qu'elle sera finie, que Gyptis soit innocentée ou non, je serai brûlé.

— Tu ne seras pas brûlé ! Bituit fera abolir ces pratiques à la prochaine réunion des Carnutes.

— Il n'y arrivera pas. Mais cela ne fait rien. Une fois là-bas, je chanterai à Viridomar ce que je pense réellement de lui. J'ai déjà presque tout composé. On va rire !

Il leur désigna un cratère orné de figures mythologiques posé sur la table basse.

— Vous prendrez bien une coupe de vin.

— Si tu as de l'eau pour mettre dedans, oui.

— J'en ai aussi. Installez-vous.

Des coussins étaient disposés près de la table. Titus et Palinure y prirent place. Le barde les servit avec un petit rire.

— Vous pouvez boire sans crainte. Il est bon : c'est votre vin !

— Comment se fait-il que tu en aies ?

— Depuis la mort de Viridomar, son entrepôt n'est plus gardé. Maintenant, tous ses biens sont sous l'autorité d'Acco, mais le pauvre enfant est complètement bouleversé et il laisse tout aller, alors j'en profite !

Comnios vida d'un trait sa coupe remplie de vin pur et s'en resservit une autre. Il se tourna vers Titus.

— Je t'écoute... Ce n'est pas moi qui ai tué Viridomar, si c'est cela que tu veux savoir !

— Si ce n'est pas toi, tu peux nous aider à découvrir qui c'est. T'avait-il parlé de ce qu'il a fait avant de venir à Bibracte ?

— Ni à moi ni à personne. C'était son secret, un secret pas très joli, si tu veux mon avis !

— Si tu dis cela, c'est que tu sais quelque chose.

— Mais non. C'est mon opinion, voilà tout.

— Admettons. Vers la fin du repas, tu es allé le trouver. Qu'est-ce que tu lui as dit ?

— Je ne me souviens plus. J'avais pas mal bu. Des bêtises, sans doute.

— Tu lui as parlé longuement, il t'a écouté, il t'a répondu. Viridomar n'était pas du genre à supporter aussi longtemps qu'on lui raconte des bêtises.

— Je te dis que je ne me souviens plus.

— Tu ne veux pas nous aider ?

Comnios vida de nouveau sa coupe.

— Faites comme moi, buvez et vous saurez ! Ne dites-vous pas chez vous : *in vino veritas* ? C'est là qu'est la vérité : dans le vin !

Il s'empara de son lourd cratère pour se resservir et poussa un juron : il était vide. Il se leva avec difficulté.

— Vous m'excuserez, je dois vous quitter. Je vais aller me réapprovisionner pendant qu'il y en a encore.

Il traversa la pièce d'une démarche chancelante et disparut, son grand vase à la main. Titus et Palinure décidèrent de ne pas le suivre et de finir leur propre coupe tranquillement. Titus commenta :

— Il sait quelque chose, c'est certain !

Palinure approuva.

— Et je ne serais pas surpris que ce soit justement le secret de Viridomar. Je parierais que c'est de cela qu'il est allé lui parler à la fin du banquet. Il lui a demandé de l'argent en échange de son silence. Tu n'as vraiment rien entendu de ce qu'ils ont dit ?

— Non. Il y avait trop de bruit. J'étais trop loin.

Titus fut pris d'une brusque inspiration :

— Mais j'y pense... Gaïla, la voisine de Viridomar, a peut-être entendu quelque chose. Il faut l'interroger.

— Dès demain matin, alors. Car si l'assassin est arrivé aux mêmes conclusions que nous, elle est en danger.

Ils reposèrent leur coupe, se levèrent et se retrouvèrent sur le seuil. Pendant tout ce temps, le barde avait à peine avancé. À peine quelques mètres devant eux, il marchait en zigzag et fredonnait d'une voix avinée une de ses chansons. Il constituait une proie immanquable pour qui aurait voulu se débarrasser de lui. Palinure se tourna vers son maître avec une moue pessimiste.

— J'ai l'impression que tu ne lui as pas sauvé la vie pour longtemps !

6

In vino veritas

Le lendemain matin, Titus et Palinure ne purent interroger Gaïla. Comme ils allaient trouver Bituit pour savoir où elle logeait, ils aperçurent un Gaulois qui le quittait tout juste. Le druide avait l'air sombre.

— On vient de m'apprendre que Comnios est mort. Il est tombé dans un tonneau de vin...

Bituit se mit en marche et ils le suivirent. L'histoire se répétait. Comme le jour du meurtre de Viridomar, le brouillard s'était levé. L'entrepôt n'était qu'à un jet de pierre de la chambre à coucher. En route, Titus et Palinure demandèrent où ils pourraient trouver Gaïla, mais le druide leur fit une réponse inattendue :

— Vous arrivez trop tard : elle est partie hier pour

Aquae Sextiae[1]. Elle y va tous les ans prendre les eaux. Elle ne sera pas de retour avant un mois.

C'était pour le moins une mauvaise nouvelle, mais Titus et Palinure n'échangèrent pas de commentaire. Pour l'instant, il s'agissait de la mort de Comnios. Lorsqu'ils arrivèrent sur place, la brume avait disparu et un attroupement s'était formé devant le bâtiment. Ils se frayèrent un chemin jusqu'à l'intérieur.

Comnios gisait au pied d'un énorme tonneau, ruisselant de vin, avec, à ses côtés, son cratère orné de figures mythologiques. Titus se pencha sur lui. Il avait les lèvres entrouvertes comme s'il allait parler, mais il ne parlerait plus jamais. Il lui revint en mémoire ses propos de la veille : « *In vino veritas.* » Oui, la vérité s'était bien trouvée dans le vin, mais elle s'y était noyée... Un esclave s'approcha. Lui aussi était tout dégoulinant.

— On l'a sorti de là. Il était au fond, avec son vase.

Il lui désignait le grand tonneau. Titus s'en approcha. Il était d'une dimension impressionnante, plus haut que la taille humaine et posé verticalement. On y accédait par un petit escabeau. Il y grimpa. Il n'y avait pas de couvercle. Le niveau de liquide avait pas mal baissé et, pour s'approvisionner, il fallait se pencher.

Titus accomplit le geste et se retrouva dans une position inconfortable, les bras en avant, le ventre sur le rebord du tonneau et les jambes pendantes. Bien

1. Aix-en-Provence.

sûr, il n'était pas exclu qu'il s'agisse d'un accident. Il était possible que, dans l'état d'ivresse qui était le sien, Comnios ait perdu l'équilibre et soit tombé. Mais il pouvait tout aussi bien s'agir d'un meurtre. Il suffisait d'une légère poussée par-derrière pour faire basculer celui qui se trouvait dans cette position. Cela ne nécessitait aucune force physique. Même une femme ou un enfant en aurait été capable.

Titus redescendit. Il y avait de plus en plus de monde dans l'entrepôt. Les uns et les autres échangeaient des commentaires inquiets. Acco fit irruption. Il se précipita vers le cadavre de Comnios, le contempla et s'adressa à Bituit, bouleversé :

— Il a eu un accident. C'est ma faute ! J'aurais dû donner des ordres pour faire garder les tonneaux.

Titus s'approcha de lui.

— Ce n'est pas forcément un accident, Acco.

— On l'aurait tué ? Mais pourquoi ?

— Parce qu'il savait quelque chose, sans doute ce qu'avait fait ton père avant de venir à Bibracte.

— Comment l'aurait-il su ? Moi-même, je l'ignore.

— Cela fait partie des choses qu'il faudra découvrir.

Le jeune Gaulois considéra Titus avec gravité.

— Ce serait l'assassin de mon père qui l'aurait tué ?

— C'est probable.

— Alors, il rôdait par ici ?

— D'après Viridomar, il était présent au banquet. Dans ces conditions, il n'est forcément pas loin.

Palinure intervint :

— Cette nuit, as-tu entendu quelque chose ?

Acco n'eut pas le loisir de répondre à cette question. Les habitants de Bibracte, prévenus par la rumeur, ne cessaient d'arriver dans l'entrepôt et, parmi eux, Icostagos. Ce dernier alla se planter devant Palinure.

— De quel droit poses-tu ces questions ?

— Je suis l'affranchi de Titurius, je seconde mon maître.

— Tu peux le seconder pour porter ses amphores, mais pas pour autre chose. C'est lui qui a été désigné par le conseil de famille, pas toi. Je vais demander au vergobret de prendre les mesures qui s'imposent !

Bituit intervint. Il avait l'air contrarié, mais il ne put que donner raison à son assistant.

— C'est exact. Tu n'es pas habilité à enquêter. Je te demande, moi aussi, d'arrêter.

Il ajouta à voix basse, pour Titus :

— Il faut qu'il cesse et que vous soyez tous les deux encore plus prudents à l'avenir. Icostagos est dangereux. Il a Dumnorix avec lui et sans doute d'autres que je ne connais pas.

Duna fit, elle aussi, son apparition. Elle alla trouver Palinure.

— Je vais faire des offrandes à quelques sanctuaires qui se trouvent près de Bibracte. Cela te plairait de m'accompagner ? (Elle se tourna vers Icostagos.) À condition que le bourreau y consente, bien sûr !

Pour toute réponse, celui-ci haussa les épaules et

tourna les talons. Palinure et elle disparurent également... Bituit s'adressa à Titus.

— Je vais prendre des dispositions pour que Comnios soit enterré décemment. Je pense que tu n'as plus rien à découvrir ici.

— Non, effectivement... Puisqu'il est là, je vais interroger ton élève et futur successeur.

— Ne lui dis rien à ce sujet. Moi-même, je ne lui ai pas parlé.

— Sois sans crainte.

Titus alla trouver Acco, qui était en train de donner des ordres pour que les entrepôts de son père soient désormais gardés.

— Voudrais-tu venir avec moi ? J'ai quelques questions à te poser.

— Je suis à ta disposition, Titurius !

Ils quittèrent l'entrepôt et se mirent à déambuler dans les terrains vagues et les bois alentour.

— Tu as dit que tu ne savais rien du passé de ton père. Il te parlait donc peu ? Comment était-il avec toi ?

— Il était comme un père doit être avec son fils.

— Pourtant, j'ai l'impression qu'à part toi, personne ne l'aimait.

— Les gens jugent trop vite. Ils manquent d'indulgence.

— Ils n'ont pas forcément tort. Ils pensent que Viridomar a commis autrefois quelque chose de très grave.

Acco baissa la tête.

— C'est terrible, mais je crois désormais que c'est la vérité...

— Tu ne m'as pas dit que tu voulais, toi aussi, mener ton enquête ?

— Bien sûr, et j'ai déjà commencé !

— Eh bien, l'élément central de l'enquête, c'est sans doute précisément ce qu'a fait ton père avant de venir à Bibracte. Cela ne t'effraie pas ?

Acco secoua son visage encadré de longs cheveux noirs.

— Non. Je ne pense plus qu'à ma mère. Je ne veux pas la perdre, elle aussi. Elle est innocente !

— Moi aussi, je crois à son innocence, je te l'ai dit. Mène ton enquête, si cela te tient à cœur, mais ne commets pas d'imprudence, c'est tout ce que je te demande. Maintenant, parle-moi de toi.

— Que veux-tu que je te dise ?

— Selon Bituit, tu serais un bon élève. Qu'apprends-tu auprès de lui ?

— Je n'ai malheureusement pas le droit de te le dire. L'enseignement des druides est secret.

— Parlons d'autre chose, alors. Que penses-tu des Romains ? Réponds-moi en toute franchise.

— C'est vrai, je peux ?

— Bien sûr.

Le visage expressif d'Acco s'anima d'une manière extraordinaire. Ses yeux se mirent à briller.

— Eh bien, je dirais qu'ils sont à la fois une chance et un danger ! Ils peuvent nous délivrer de ces pratiques barbares qui me font tellement honte. Mais, d'un autre côté, je ne veux pas qu'ils nous privent de nos dieux, de nos coutumes. Nous avons notre manière d'être, qui n'est pas la vôtre, tu comprends ?

— Je vois. Si tu étais soldat, tu te battrais contre nous ?

— Je ne sais pas. Je comprends ceux qui le font, en tout cas. Crois-tu qu'on puisse condamner quelqu'un qui se bat pour sa liberté ?

— Non, effectivement. On ne peut pas.

Ils dialoguèrent ainsi longtemps dans ce déconcertant désert humain qu'était la capitale des Éduens. Titus découvrait en Acco un être intelligent, passionné et large d'esprit. Il parlait en toute liberté, il ouvrait son cœur. Il se comportait avec lui comme avec le père qu'il n'avait pu avoir, un père qui l'aurait écouté, compris et encouragé, au lieu de le traiter avec hostilité et brutalité.

Titus lui-même se fit une étonnante réflexion : il aurait aimé avoir un fils comme Acco. Il en fut d'autant plus surpris que c'était la première fois de sa vie qu'il s'imaginait comme un père. Il songea que Camilla avait peut-être raison : il était en âge de fonder une famille. Seulement, la vie qu'il avait menée jusque-là avait été trop aventureuse pour qu'il puisse y songer vraiment. Il en revint aux réalités de son enquête et interrompit le jeune homme au milieu d'une tirade enflammée.

— Il faudrait que j'interroge Bricco. Peux-tu me dire où il habite ?

— Ce malheureux ? Ce n'est pas loin. Je vais t'y conduire.

L'endroit où logeait Bricco ne méritait même pas le nom de masure. Il aurait mieux valu parler de tanière, de terrier ; cela tenait plus de l'habitat animal que du logis humain. Il s'agissait d'un réduit creusé dans le sol, auquel on accédait par une entrée basse et étroite. Titus prit congé d'Acco.

— Nous nous reparlerons dès que je pourrai. D'ici là, fais attention à toi !

— Toi aussi, Titurius. Tu ne l'ignores sans doute pas, mais tu es en danger à Bibracte.

Ils se séparèrent sur ces mots et Titus s'engouffra résolument dans l'accès au logis. La pièce était quasi dans l'obscurité : à part l'entrée, un trou dans le plafond était la seule ouverture. On pouvait à peine se tenir debout et faire plus de deux pas dans un sens ou dans un autre. Bricco était là. Le petit être noiraud et malingre se tenait assis sur le sol de terre battue. Ses yeux brillaient dans la pénombre. En guise de salut, il lança à son visiteur :

— Sois maudit !

Titus s'assit en face de lui.

— Pourquoi me maudis-tu ?

— Parce que tu as fait suspendre les immolations. J'avais obtenu de Viridomar d'être sacrifié à ses funérailles s'il mourait avant mon exécution, et toi, tu as tout fait annuler !

— Tu me reproches de ne pas être brûlé ?

— Oui ! J'aurais profité de la protection de Viridomar et de son argent. Il m'aurait invité à partager sa table, ses parties de chasse. Au lieu de cela, je vais me retrouver tout seul dans l'île des Trépassés !

Les yeux de Bricco étaient fixés sur Titus et lui envoyaient des éclairs de haine. Ce dernier préféra ne pas répondre à ce discours extravagant. Le Gaulois n'avait plus toute sa raison. Une autre idée lui vint : dans la logique aberrante qui était la sienne, Bricco avait un mobile pour tuer Viridomar. Il fallait que ce dernier meure avant sa propre exécution, pour qu'il partage sa vie dans l'au-delà. Il aurait donc très bien pu passer à l'action. D'autant qu'il ne craignait rien du bourreau, puisque, de toute manière...

— Sois maudit ! lui lança encore une fois Bricco avec violence.

Dans l'espace exigu de la pièce, une nette odeur de vin était perceptible. Bricco n'était pas ivre à proprement parler, mais il avait bu. D'ailleurs, il y avait sur le sol une sorte d'écuelle en terre remplie d'un liquide rouge. Pris d'une brusque inspiration, Titus s'en empara. Le Gaulois voulut l'en empêcher, mais il le repoussa sans mal. Il la porta à ses lèvres. Il n'y avait pas de doute : c'était son vin.

— Comment se fait-il que tu aies de mon vin ?

— Tout Bibracte en a. L'entrepôt n'est pas gardé. Chacun le sait.

— Quand y es-tu allé ?

Bricco ne répondit pas.

— C'était hier soir ? Tu as rencontré quelqu'un ?

Bricco ne répondit toujours pas. Comprenant qu'il

ne dirait plus rien, Titus s'en alla. Il retrouva l'air libre avec un réel soulagement et un dernier cri lui arriva, depuis la tanière :

— Sois maudit !

Chez Uxellos, le notable au casque plaqué or, le contraste de cadre lui parut pour le moins saisissant. Il habitait une imposante demeure, quoique tout aussi fruste que celle où avait eu lieu le drame. Dans un endroit de la pièce trônait l'inévitable coffre de bois. Uxellos alla souhaiter chaleureusement la bienvenue à Titus et le conduisit justement vers le coffre. Résigné, Titus dut subir le spectacle, maintenant bien connu. Cinq têtes baignaient dans de l'huile de cèdre, dont celle du beau jeune homme brun qu'il avait vue chez l'embaumeur. Uxellos était ravi.

— Tasgétios vient de m'apporter la dernière. Je sais que tu es allé chez lui. Maintenant, j'en ai autant que Viridomar !

Titus désigna la tête la plus récente.

— Vous vous êtes battus en duel, à ce qu'il paraît.

— Oui, je ne sais même plus pour quelle raison. Nous avions beaucoup bu tous les deux.

— Exactement comme quand tu as failli tuer Viridomar.

— C'est vrai. Si le druide ne m'avait pas arrêté, je ne sais pas ce qui se serait passé... Vois-tu, Titurius, nous sommes comme cela, nous les Gaulois : emportés, batailleurs. Nous sommes capables de nous étriper pour une bêtise et de redevenir l'instant d'après les meilleurs amis du monde !

— On ne te disait pas ami avec Viridomar. Il y avait une vieille rivalité entre vous.

— Tout cela n'était pas important ! En tout cas, ce n'est pas parce que je me suis disputé avec lui à table que j'aurais pu l'assassiner. Le tuer dans son sommeil, je n'en aurais jamais été capable ! (Uxellos devint songeur.) Je vais te surprendre, Titurius, mais j'ai l'impression que ce n'est pas un Gaulois qui a fait cela. Nous, nous sommes plus spontanés. Quand il y a un conflit entre nous, il éclate et il arrive ce qui doit arriver. Mais cette manière froide d'aller assassiner quelqu'un ne nous ressemble pas.

— Tu me surprends, en effet. Ainsi, chez vous, la haine, la vengeance n'existent pas ?

— Si, mais c'est rare.

Titus échangea encore quelques propos avec le notable éduen, mais il acquit vite la conviction qu'il ne savait rien ou qu'il ne voulait rien dire. Dans un cas comme dans l'autre, il n'apprendrait rien de lui. Il se retira.

En sortant, il tomba nez à nez avec Viridovix, le beau-frère de la victime. Le grand Gaulois blond aux remarquables yeux bleu foncé le salua d'un air plutôt gêné et voulut passer son chemin, mais Titus le retint.

— Ne t'en va pas. Je dois t'interroger, toi aussi. Sans cela, mon enquête ne serait pas complète.

— C'est que je ne vois pas trop ce que je pourrais te dire.

— Par exemple, quels étaient tes rapports avec Viridomar ?

— Excellents ! Chez lui, on mangeait bien et on savait s'amuser. Cela va me manquer.

— Des rumeurs courent à propos de la manière dont il a acquis sa fortune...

— Tout cela, ce sont des racontars. Je n'y crois pas.

— Tu ne t'es jamais disputé avec lui ?

— Jamais. Pourquoi ?

Titus n'insista pas. Il passa à un autre sujet :

— En tant que président du conseil de famille, tu n'as pas cherché à te faire une idée du coupable ?

— Absolument pas ! C'est toi qui mènes l'enquête, pas moi. Je condamnerai la personne que tu me désigneras. C'est tout.

Titus remercia son interlocuteur d'un signe de tête et le laissa partir. Il ne tirerait rien d'intéressant de lui. De tous ceux qu'il avait interrogés, c'était le seul qui prétendait avoir une bonne opinion de Viridomar. Était-ce une preuve de dissimulation de sa part ? Peut-être, mais Titus avait plutôt tendance à croire que c'était la vérité. Viridovix avait une bonne opinion de tout le monde, à condition qu'on le laisse tranquille. Il était rare de voir un individu manquant à ce point de personnalité, mais cela ne suffisait pas, bien sûr, pour le rayer de la liste des suspects.

Brogos, le fils du paysan ruiné, était juste un peu mieux logé que Bricco : une demeure à demi souterraine faite d'une seule pièce, aux murs et au sol de terre séchée. On y descendait par un escalier de quelques marches. Dès qu'il vit Titus, il eut un tremblement irrépressible : il avait peur.

— Je te salue, Brogos ! Tu attendais ma visite, n'est-ce pas ?

— Oui, sans doute. Il fallait bien que tu viennes.

— Ton père doit être satisfait, maintenant ! Viridomar l'a remboursé. N'est-il pas venu te le dire en rêve ?

— Ce n'est pas moi !

— Je ne dis pas que c'est toi, je dis simplement que tu avais une raison d'envoyer Viridomar dans l'autre monde.

Oui, Brogos avait peur, et même plus que cela : il était terrorisé ! Il se jeta à genoux devant Titus, se tordant les mains.

— Je t'en supplie ! Je ne veux pas être torturé ! Je ne veux pas être brûlé !

— Calme-toi. Je ne t'accuse pas. Je n'ai jamais accusé quelqu'un sans preuve.

Brogos cherchait désespérément tous les arguments pour se disculper. Il lança :

— D'ailleurs, ce n'est pas à cause de cela que Viridomar a été tué. C'est à cause de son passé.

— Comment le sais-tu ?

— Parce que tout le monde le dit. Pour toi, c'est l'élément central de l'enquête.

Titus en resta sans voix. Ainsi donc, tout le monde était au courant de son enquête ! Déjà, Uxellos savait qu'il s'était rendu chez Tasgétios. Tous ses déplacements chez les uns et chez les autres devaient être suivis, et tous les propos qu'il échangeait avec eux soigneusement rapportés. Quoi d'étonnant ? Il était le seul étranger au milieu de gens qui se connaissaient et se parlaient. Il ne pouvait rien leur cacher...

Bibracte lui donna soudain l'impression d'être peuplé d'yeux et d'oreilles qui l'épiaient et, parmi ces yeux et ces oreilles, il y avait ceux de l'assassin. Dans cette affaire, il était au moins autant le gibier que le chasseur. La contrariété qui s'était emparée de lui et qui se lisait sur son visage renforça encore les alarmes de Brogos :

— Que se passe-t-il ? Ce que je t'ai dit t'a déplu ?

— Non, je pensais à autre chose. À part cela, vois-tu un détail, un indice qui pourrait m'aider ?

— Hélas, non ! Tu penses bien que si je pouvais te mettre sur une piste, je le ferais !

— Je te remercie, Brogos. Si tu as du nouveau, n'hésite pas à venir me voir...

Titus le quitta sur ces mots pour aller trouver la dernière personne qu'il voulait interroger : Agrona, la servante de Gyptis. Tout en reprenant son chemin, il était résigné. Il savait que chacun de ses pas était surveillé.

Pour l'instant, Agrona occupait encore dans la maison du drame une petite chambre proche de la salle du banquet. En raison des circonstances dans lesquelles il avait fait sa connaissance, Titus n'avait guère prêté attention à elle. Maintenant qu'il pouvait l'observer tout à loisir, elle n'attirait pas davantage son attention. Elle avait un physique quelconque. Elle n'était ni blonde ni brune, ni grande ni petite, ni belle ni laide. Il était, en particulier, impossible de lui donner un âge. La quarantaine, peut-être... Il savait qu'elle était rentrée la veille de l'île aux Femmes, le trajet étant très court.

— Tout s'est bien passé avec les prêtresses ?

— Très bien. Elles ont accepté les offrandes et elles ont pris Gyptis.

— Elle t'a parlé pendant le chemin ?

— Assez peu. Elle a à nouveau clamé son innocence. Elle m'a dit, en particulier, qu'elle avait confiance en toi.

— Tu es sa domestique personnelle ?

— Oui, je ne m'occupe que d'elle.

— Alors, tu dois être un peu sa confidente.

— Oh, non ! Elle ne m'a jamais rien raconté. Elle est beaucoup trop secrète.

« Secrète » : le mot rappela à Titus celui qu'il avait lui-même employé au banquet. Oui, Gyptis était un être secret. Cela ne faisait aucun doute. Agrona reprit la parole.

— Il faut que je te dise quelque chose de très important !

— Je t'écoute.

— Gyptis était droguée. Quand je suis entrée dans

la chambre et que j'ai découvert mon maître mort, j'ai hurlé, eh bien, elle n'a pas bougé ! J'ai dû la secouer pour qu'elle se réveille et, même après cela, elle n'arrivait pas à reprendre ses esprits.

Titus ne répondit rien. Il était de cet avis. Si Gyptis était innocente, il fallait effectivement qu'elle ait été droguée.

— Au banquet, tu faisais partie des servantes. As-tu reconnu le domestique qui lui a versé son vin ?

— C'était impossible. Avec leurs moustaches et leurs cheveux teints en rouge, ils se ressemblaient tous. D'ailleurs, ce n'est pas forcément un serviteur qui lui a versé la drogue.

— Comment cela ?

— Un invité a pu aussi bien le faire. À l'arrivée d'Acco, il y a eu tout un remue-ménage, plusieurs personnes se sont levées. Et vers la fin du banquet, presque tout le monde a quitté sa place.

Titus rassembla ses souvenirs. C'était parfaitement vrai. Dans la confusion qui régnait alors, n'importe qui aurait pu s'approcher de Gyptis et verser quelque chose dans sa coupe.

— Et tu n'as pas vu qui s'est approché d'elle ?

— Malheureusement pas. Je n'avais aucune raison de la surveiller.

Titus changea de sujet.

— À un moment, Comnios a eu une conversation avec Viridomar. Est-ce que tu en aurais entendu une partie, pendant que tu servais ?

— Non. Je suis désolée.

— À ton avis, Comnios pouvait-il savoir quelque chose sur le passé de Viridomar ?

— Ce n'est pas impossible.

— Viridomar se confiait-il à lui ?

— Ce n'est pas exactement cela. Mais il lui arrivait de parler quand il avait trop bu et le barde était son principal compagnon de beuverie...

Titus remercia Agrona. Ses remerciements étaient sincères : de toutes les personnes qu'il avait interrogées, c'était elle qui lui avait apporté le plus d'éclaircissements. Malheureusement, elle n'avait fait que le conforter dans ce qu'il pressentait déjà. La piste à suivre était désormais toute tracée, mais l'identité de l'assassin restait tout aussi énigmatique que le premier jour.

Pendant ce temps, Duna et Palinure parcouraient les environs de Bibracte. Ils étaient d'abord allés dans un sanctuaire dédié à Teutatès. Celui-ci était dans une petite grotte, à laquelle on accédait après un parcours compliqué à travers la forêt. Duna avait expliqué que Teutatès était le dieu national de la Gaule et le plus important de tous.

Sa statue consistait en un poteau sur lequel était vaguement esquissé un visage humain. Palinure avait trouvé qu'il s'agissait d'une effigie bien barbare, mais il n'avait rien dit, pour ne pas désobliger sa compagne. En revanche, il s'était étonné qu'elle ne lui fasse pas d'offrande. Elle lui avait répondu que Teutatès était un dieu cruel qui exigeait des sacrifices humains, et qu'elle ne l'aimait pas.

Pourtant, des offrandes, il y en avait ! Palinure avait remarqué tout un amoncellement brillant d'un vif éclat. Il avait distingué des torques, des bracelets, des pièces de monnaie ; tous en or. Bituit leur avait expliqué, à Titus et à lui, que personne ne touchait à ces trésors, même dans la nature, et il pouvait maintenant vérifier que c'était parfaitement exact.

Après cela, ils étaient partis dans une autre direction. Vers la Seine, avait précisé la jeune fille. Au passage, elle lui avait décrit celles des plantes qu'ils rencontraient et qui étaient dotées de pouvoirs magiques. La verveine disait l'avenir, mais il fallait la cueillir les pieds nus et lavés ; le samole, le mouron d'eau, guérissait les porcs et les bœufs... Duna marchait toujours la première et, lorsque Palinure voulut venir à ses côtés, elle le fit reculer. Il s'en étonna. Elle lui répondit tout en poursuivant sa marche :

— C'est à cause des serpents.

— Mais je n'en vois pas.

— Parce qu'ils s'en vont à mon approche. Si tu marchais devant, tu risquerais de te faire piquer.

À propos de serpents, elle lui désigna une plante de petite taille et d'un vert intense.

— C'est de la selage. Elle guérit des morsures de vipère, à condition qu'on la cueille avec la main droite passée dans la manche gauche...

Ils ne tardèrent pas à arriver devant un ruisseau minuscule. Ils en avaient vu des dizaines du même genre, mais Duna s'était arrêtée devant lui et le considérait avec émotion et respect.

— Regarde cette eau. Elle va jusqu'à la Seine.

— C'est sa source ?

— Non. Sa source est plus loin. Nous irons un jour, si tu veux. Ce que tu vois, c'est l'Yonne. Elle se jette dans la Seine. Le sanctuaire de Sequana est juste là.

Dans la direction que montrait Duna, il n'y avait que des buissons épineux, sous lesquels le ruisseau s'engouffrait. Palinure s'étonna.

— Je ne vois rien.

— C'est fait exprès. Regarde !

La jeune fille s'empara d'un bâton et écarta la végétation. Une sorte de porte naturelle s'ouvrit ainsi, une ouverture étroite, par laquelle on pouvait se glisser. Elle passa la première, toujours à cause des serpents, et il la suivit.

— C'est ici !

L'effigie de Sequana se dressait en plein milieu du ruisseau, sous une voûte de verdure. Comme pour l'autre statue, il s'agissait d'un poteau avec quelques trous et quelques lignes pour figurer le visage et le corps. Cette fois, Palinure osa en faire la remarque.

— Cette statue est bien grossière !

Duna eut un sourire.

— Ne crois pas que les Gaulois ne savent pas sculpter. Simplement, ils ne veulent pas divulguer aux étrangers l'aspect de leurs dieux. Mais je te dirai plus tard à quoi ils ressemblent...

Duna avait cueilli toutes sortes de fleurs en chemin et avait constitué un bouquet. Ce n'étaient pas les plus belles, loin de là. Palinure se dit qu'elles devaient avoir une signification en rapport avec la déesse. La jeune fille les déposa au pied du poteau et se recueillit. Palinure fit de même et finit par prendre la parole :

— Tu lui as demandé si elle était présente au banquet ?

— Je le lui ai demandé et elle m'a répondu « oui ».

— Elle t'a dit de quelle manière et pourquoi ?

— Malheureusement pas.

Le regard bleu-vert de Duna devint lointain.

— Tout cela me fait peur...

— Il ne faut pas avoir peur. Je suis sûr que Titus réussira.

La jeune fille ne répondit pas. Il vint alors à Palinure l'idée étrange qu'elle avait précisément peur que Titus réussisse et, plus précisément encore, qu'elle était persuadée de la culpabilité de sa mère.

7

Le chant des carynx

Les jours, puis les semaines passèrent, sans que se renouvellent heureusement des événements aussi dramatiques. Mais l'enquête marquait le pas. Titus la menait seul depuis la mise en garde d'Icostagos, même s'il faisait quotidiennement le point avec Palinure.

Leurs interrogations étaient toujours les mêmes : elles tournaient autour de la manière dont Viridomar avait acquis l'argent qu'il possédait en venant à Bibracte. Après réflexion, le maître et son affranchi avaient décidé de remettre les étrangers présents au banquet – le Grec, l'Égyptien, le Breton et même les deux Romains – sur la liste des suspects. Rien ne disait, en effet, que Viridomar n'avait pas rapporté cette petite fortune d'un voyage lointain. La manière parfaite dont il parlait latin pouvait accréditer cette hypothèse.

Restait la mystérieuse présence de Sequana au banquet. Mais, après avoir rapporté les paroles de Duna, au retour des sources de l'Yonne, Palinure n'avait pas insisté. Titus refusait absolument de prendre cette piste au sérieux. Tout cela était, selon lui, le fruit de l'imagination d'une fille un peu fantasque et il faut dire qu'on ne voyait pas très bien le rapport entre Sequana et tout le reste.

Cela n'empêchait pas Palinure de passer une bonne part de son temps avec Duna. Il la faisait parler des mœurs, des coutumes, de l'histoire des Gaulois, persuadé qu'en les connaissant mieux, il pourrait cerner de plus près la vérité. Tandis qu'il passait de longs moments avec la sœur, Titus, lui, passait son temps avec le frère.

Acco lui plaisait de plus en plus. Il voyait en lui l'illustration de ce que pourrait être la Gaule après la victoire prévisible de César. Avec des hommes comme lui, elle accéderait à la civilisation tout en gardant sa personnalité. Dans peu de temps, Acco aurait atteint la majorité et il pourrait faire entendre son point de vue parmi les siens. Titus l'y encourageait par avance et une grande complicité s'était établie entre eux. Quant à son enquête, malheureusement, le jeune homme n'obtenait pas de résultats non plus. Il ne voulait pas dire comment il procédait, il se contentait d'avouer qu'il en était au point mort.

En fait, hormis par Acco et Bituit, Titus ne se sentait

aucunement aidé par les Gaulois. À Bibracte, il était en territoire étranger et, même si les Éduens étaient officiellement les alliés du peuple romain, en terrain hostile. Il lui faudrait d'ailleurs annoncer cette nouvelle à César, dans le cadre de sa mission. À plusieurs reprises, il avait même eu nettement la sensation d'un danger. À présent, il ne sortait plus dès que venait le crépuscule et chaque fois que le temps était mauvais.

Il avait même pensé tout quitter, non pour abandonner son enquête, mais pour se rendre à Aquae Sextiae, afin d'interroger Gaïla. Mais il y avait renoncé, se disant qu'il s'était passé beaucoup de choses à Bibracte et que, si un nouveau rebondissement se produisait en son absence, il risquait de le regretter. Il n'allait pas tarder à se féliciter de cette décision !

C'était un matin. On approchait de la mi-avril et, dans cet environnement glacial qu'était Bibracte, quelques timides signes du printemps commençaient à apparaître. Titus avait décidé de se rendre une nouvelle fois dans la salle du banquet, dans l'espoir bien mince de découvrir un détail qu'il aurait négligé. Il approchait du bâtiment, lorsque, tout près de lui, éclatèrent des cris d'effroi. Il se précipita, croyant à un nouveau meurtre. Il ne s'agissait pas d'un meurtre, mais de quelque chose de tout aussi dramatique et de bien plus extraordinaire.

Les cris provenaient de la tombe de Viridomar. Elle avait été ouverte : le tumulus de pierres sèches qui la recouvrait avait été dispersé. Titus bouscula tout le monde et se figea devant le spectacle qui s'offrait à ses yeux : le mort reposait à la place où il avait été inhumé, dans ses habits de cérémonie, avec ses armes et les vases d'offrandes à ses côtés, mais il lui manquait la tête !

Titus ne perdit pas un instant. Il pivota sur ses talons et, bousculant de nouveau les Éduens qui échangeaient des commentaires terrifiés, il se mit à courir. Il ne savait pas qui avait fait cela ni pourquoi, mais il devinait où le violeur de sépulture avait mis la tête. Il pénétra en trombe dans la salle du banquet où il avait eu initialement l'intention de se rendre et il ouvrit le coffre.

Oui, la tête de Viridomar était là ! C'était elle, à présent, la sixième tête. Elle se trouvait exactement à la place de celle de l'inconnu, par-dessus les cinq autres, qui baignaient dans l'huile de cèdre. Au milieu de cette horreur, Titus éprouva quand même un soulagement : elle n'était pas dans le répugnant état de décomposition qu'on aurait pu craindre. Sans doute en raison des rigueurs du climat de Bibracte, elle était, au contraire, bien conservée. Pour un peu, on aurait dit qu'elle sortait de chez Tasgétios. Des pas retentirent dans la pièce. Titus se retourna vivement, car la crainte du danger ne le quittait pas. C'était Bituit.

Le druide découvrit le spectacle à son tour et eut un mouvement de recul. Il s'écria avec un visible sentiment d'horreur :

— C'est épouvantable !

Titus ne l'avait jamais vu dans un tel état.

— Une chose pareille est déjà arrivée ?

— Jamais au grand jamais !

— J'ai besoin de savoir ce que cela signifie, selon vos croyances.

— C'est terrible ! À moins qu'il n'ait été tué les armes à la main, un mort privé de sa tête est également privé de sa survie dans l'au-delà.

— Alors, c'est comme si on l'avait tué une seconde fois... est-ce la vengeance contre lui qui se poursuit ?

— Exactement. Une vengeance effroyable !

Bituit s'approcha du coffre et s'empara de la tête.

— C'est à moi de le faire. Mais cela ne changera rien, malheureusement. Le mal est irrémédiable.

Il se mit en marche. Titus le suivit. Malgré le caractère dramatique de la situation, il continua à l'interroger :

— Si je comprends bien, les immolations par le feu prévues n'ont plus de raison d'être ?

— En effet. Elles seront annulées. C'est la seule consolation dans ce qui nous arrive.

— Alors, l'auteur est peut-être un de ceux qui allaient être sacrifiés ?

— Je ne pense pas. Je vais te surprendre, mais ils seront certainement plus affectés que les autres. Ce sont de vieux serviteurs. Ils considéraient cela comme un honneur, une récompense...

Non, Titus n'était pas surpris. Comment aurait-il pu oublier les propos que lui avait tenus Bricco ? Bituit poursuivit :

— D'ailleurs, jamais ils n'auraient pu commettre

un sacrilège aussi épouvantable. Je dirais même qu'aucun Gaulois n'en est capable ! Seul un étranger a pu faire cela.

Un étranger... Uxellos avait déjà dit quelque chose de semblable à propos du meurtre de Viridomar, exécuté de sang-froid. Titus objecta :

— Si c'est un étranger, il fallait qu'il connaisse les croyances gauloises.

— Il y en a : ceux, justement, qui viennent chez nous...

Ils étaient arrivés devant la tombe. À la vue du druide portant son macabre fardeau, les paroles et les cris cessèrent. Un silence terrible s'établit. Bituit fendit la foule. Les visages étaient blêmes. En l'apercevant, Acco aussi devint blanc comme un linge et resta la bouche ouverte, dans une exclamation muette. Duna, qui découvrit la scène en même temps, se jeta dans les bras de Palinure.

Bituit descendit dans la tombe, posa la tête à sa place et jeta symboliquement une poignée de terre sur elle. Alors, tous ceux qui étaient présents l'imitèrent, y compris Acco et Duna, puis, une fois que le trou fut comblé, ils remirent en place le tumulus de pierres. Bientôt la tombe de Viridomar s'éleva comme avant, même si celui qu'elle abritait était privé de sa survie posthume.

Dumnorix était là et, dès que la tâche fut terminée, il prit la parole d'une voix vibrante de colère :

— Cet acte impie ne restera pas impuni ! En tant que vergobret, j'en prends l'engagement devant vous !

Je sais qui sont les coupables. Ce ne sont pas des Éduens. Cette nuit, les sentinelles ont vu des inconnus rôder près des remparts. Je convoque le conseil de guerre demain matin au champ d'Ésus.

Tous les hommes présents poussèrent une clameur farouche. Après quoi, chacun se dispersa. Titus repartit avec Bituit. Ce dernier avait l'air sceptique sur les intentions du vergobret.

— Je ne crois pas à cette troupe venue de l'extérieur. Dumnorix fait cela pour calmer l'opinion.

— Tu parlais toi-même d'étrangers...

— Oui, mais pas de toute une bande. Ce que nous avons vu, c'est l'acte d'un homme seul.

Titus partageait cet avis. Il se renseigna sur les paroles que venait de prononcer le vergobret :

— Qu'est-ce que le conseil de guerre ?

— La réunion de tous les hommes en âge de porter les armes. Elle a lieu au champ d'Ésus, une plaine au-dessous de Bibracte. C'est l'équivalent de votre champ de Mars. Ésus est le dieu de la guerre.

Le druide soupira.

— Autant te le dire tout de suite : cela donne lieu à l'une de ces coutumes barbares que je combats. Tous les guerriers doivent se rendre en armes au conseil et le dernier qui arrive est torturé et exécuté. Cela fait beaucoup rire les autres, même s'il s'agit de quelqu'un de leur famille ou d'un de leurs amis.

Titus ne dit rien. Il avait l'habitude. Dès qu'il commençait à s'attacher à eux, les Gaulois le surprenaient par quelque pratique répugnante. Mais tout cela ne devait pas le détourner de son action.

Lorsqu'il retrouva Palinure un peu plus tard, il se mit rapidement d'accord avec lui : il fallait qu'ils assistent en cachette à ce conseil de guerre, quels que soient les risques encourus. Il pouvait s'y passer des événements décisifs.

Le lendemain, ils se levèrent avant l'aube. Ils avaient pris soin de s'habiller de vêtements gaulois afin de passer inaperçus. De plus, ceux-ci étaient mieux à même de les protéger du froid mordant qui régnait sur le plateau durant la nuit. C'était encore l'obscurité, mais ils avaient appris à se repérer dans l'univers si particulier de Bibracte. Ils aperçurent à un moment quelques ombres qui avançaient dans la même direction qu'eux. Ils n'étaient guère rassurés, mais ils se dirent qu'on les prendrait pour des guerriers se rendant au conseil et ils poursuivirent leur chemin.

La porte des remparts se signalait de loin par l'odeur de décomposition émanant des fosses remplies de cadavres d'animaux. En arrivant à proximité, ils eurent peur que les gardes soient à leur poste, mais il n'y avait personne : ils s'étaient certainement rendus eux-mêmes au champ d'Ésus. Ils quittèrent donc à leur tour la ville, au moment où un coq, plus courageux et plus matinal que les autres, se mettait à chanter. Après quoi, ils commencèrent à descendre, collés contre la paroi pour ne pas être aperçus, le chemin qui serpentait jusqu'à la plaine.

Le jour se levait lentement et il régnait une lumière grise lorsqu'ils arrivèrent en bas. Il fallait qu'ils se cachent au plus vite. Heureusement, le champ d'Ésus était entouré de petits bois aux taillis très denses. Ils s'y rendirent rapidement. C'était un endroit idéal : de là, ils pouvaient tout voir sans être vus.

Les guerriers gaulois arrivèrent les uns après les autres. Ils les virent se grouper derrière leurs enseignes en forme d'animaux, des sangliers pour la plupart, qu'ils avaient découvertes dans le temple de Cernunnos. Il y avait aussi des carynx, ainsi qu'on nommait ces trompettes de guerre en bronze aux pavillons figurant des bêtes monstrueuses. Pour l'instant, les musiciens les avaient à la bouche, mais ne jouaient pas.

Bientôt, le champ d'Ésus fut rempli de soldats. De là où ils étaient, Titus et Palinure percevaient parfaitement les sons ; ils pouvaient même suivre les conversations. Les Gaulois s'étaient assis, comme au spectacle, et faisaient des paris sur celui qui allait arriver le dernier. Icostagos était présent avec tout un attirail de torture, mais cela n'empêchait pas la bonne humeur de régner.

Le maître et son affranchi remarquèrent également la présence de Dumnorix et de Bituit mais, curieusement, ce n'était pas le vergobret qui était placé en avant des autres et qui semblait commander. C'était Uxellos, reconnaissable à son casque doré. Ils en conclurent que les Éduens avaient un chef civil et un chef militaire. C'était une judicieuse séparation des pouvoirs que même les Romains n'appliquaient pas, puisque les consuls commandaient aux armées. Cela ne rendait que plus incompréhensibles les survivances barbares des Gaulois.

Titus et Palinure firent soudain un bond et frissonnèrent de tout leur corps, tant la surprise était grande. Les carynx s'étaient mis à jouer en même temps. C'était un son épouvantable, grinçant, rauque, discordant. Ils entonnaient une sorte de chant sauvage, qui tenait plus du cri de bête que de la musique. Un nouveau guerrier arrivait et Titus et Palinure comprirent la raison de cette fanfare. Elle saluait la venue du malheureux qui allait être sacrifié dans les supplices. D'ailleurs, les trompettes s'étaient tues et les autres soldats scandaient joyeusement le nom du perdant :

— Ambiorix ! Ambiorix !

Déjà, Icostagos s'approchait de lui, mais celui-ci le repoussa.

— Attends, ce n'est pas moi le dernier. Acco vient d'avoir sa majorité et il n'est pas là.

— Tu es sûr ?

— Certain. Je l'ai dépassé en chemin. D'ailleurs, le voici !

Depuis leur cachette, Titus et Palinure poussèrent un cri. On ne les entendit pas dans le champ d'Ésus, car tous les soldats avaient poussé ensemble le même cri... Le spectacle était, en effet, effrayant. Acco arrivait en titubant ; ses vêtements étaient en lambeaux, il avait la tête en sang et des écorchures sur les bras. Uxellos alla à sa rencontre.

— Que t'est-il arrivé ?

— J'ai été attaqué.

— Par qui ?

Acco était hors d'haleine.

— Je ne sais pas, je n'ai rien vu. J'ai reçu un coup sur la tête et j'ai perdu connaissance. Quand j'ai repris conscience, j'ai couru, mais c'était trop tard.

— Pourquoi aurait-on fait cela ?

— Pour m'envoyer à la mort. Je venais de faire une découverte capitale pour mon enquête.

— Tu menais une enquête ? Tu n'en avais pourtant pas le droit !

— Peu importe. J'étais sur le point d'aboutir !

— Qu'avais-tu découvert ?

Acco hésita un instant et secoua sa tête ensanglantée.

— Je ne peux pas le dire !

— Il faut que tu répondes, sinon on ne te croira pas...

— Je ne peux pas le dire !

Bituit arriva et intervint :

— Il est évident que ce qui est arrivé est indépendant de sa volonté. La coutume ne peut pas s'appliquer.

Dumnorix intervint à son tour.

— C'est la loi sacrée des Gaulois. Elle doit être respectée.

— Il a découvert l'assassin. Il faut qu'il reste en vie pour que nous sachions qui c'est.

— Il n'a rien découvert du tout. Tout cela, c'est une mise en scène parce qu'il est en retard.

Bituit s'adressa d'un ton suppliant au jeune homme.

— Acco, il faut absolument que tu parles, quoi que tu aies à dire !

Mais celui-ci, après une dernière hésitation, secoua la tête.

— Je ne peux pas.

Le vergobret se tourna vers le guerrier au casque doré.

— Uxellos, c'est à toi que revient la décision...

Il y eut un instant de grand silence dans la plaine pourtant noire de monde, et la voix du chef éduen s'éleva :

— La loi des Gaulois doit s'appliquer, mais compte tenu des circonstances, il n'y aura pas de supplices.

Icostagos avait l'esprit vif. Avant que tout le monde ait compris ce qui arrivait, il s'était approché d'Acco, un grand couteau à la main, et le lui avait plongé dans le cœur. Le jeune homme glissa doucement dans l'herbe mouillée de rosée...

Par la suite, la troupe des Éduens patrouilla dans les environs à la recherche de ceux qui se seraient introduits dans la ville, mais sans le moindre résultat. Au soir, elle franchit bredouille les murailles de Bibracte avec, sur un chariot, le corps d'Acco.

8

L'île aux Femmes

Compte tenu des circonstances de sa mort, il n'y avait pas grand monde aux funérailles d'Acco, du moins parmi les notables. En revanche, toute la domesticité de la famille était là, ce qui faisait plusieurs dizaines de personnes. Outre Bituit, Viridovix était l'un des seuls à s'être déplacé. Sans doute considérait-il de son devoir d'être présent à l'enterrement de son neveu. Il n'avait pas l'air attristé, mais maussade. Il donnait surtout l'impression de vivre avec déplaisir cette cascade de drames qui s'abattaient autour de lui et troublaient sa tranquillité.

Duna, au contraire, était l'image vivante de la douleur. Elle avait poussé des cris de bête blessée lorsqu'on avait ramené le corps de son frère et, à présent, elle se tenait repliée sur elle-même, tendue à l'extrême. Elle insista pour poser la première pierre du tumulus, une fois que la tombe fut refermée, et, tandis que tout le monde se dispersait et que Titus rentrait avec Bituit, elle prit à part Palinure. Elle s'exprima d'un ton farouche.

— Je vengerai Acco, j'en fais le serment devant toi !

— De quelle manière ?

— Je vais reprendre l'enquête et je trouverai le coupable.

— Cela ne sera pas facile. Voilà un mois que Titurius s'escrime, et il n'y arrive pas.

— Bien sûr ! Il ne se préoccupe pas de Sequana.

— D'après lui, c'est une simple impression de ta part. Il ne comprend pas ce que cela signifie.

— Moi non plus, je ne comprends pas, mais elle était présente au banquet. Sa statue me l'a dit.

Duna posa sa main sur le bras de Palinure.

— La fête annuelle de Sequana a lieu dans trois jours, dans son grand sanctuaire, aux sources de la Seine. Je pars demain matin. Viendras-tu avec moi ?

Palinure n'hésita pas.

— Je viendrai.

Pour la première fois, la jeune fille eut un sourire.

— Alors, tous les deux, nous trouverons la vérité, car c'est là qu'elle est... nulle part ailleurs !

Peu après, Titus et Palinure discutaient avec animation dans la petite prairie qui s'étendait devant la maison de Bituit. Ils avaient pris l'habitude de ne pas s'en éloigner lorsque ce n'était pas nécessaire. L'environnement de Bibracte leur paraissait toujours aussi peu sûr. Palinure prit la parole, l'air songeur, exprimant leur interrogation commune :

— Qu'avait-il trouvé dans son enquête ?

— Je ne sais pas et je ne pense pas que nous trouverons la réponse à cette question. Mais on peut s'en poser une autre : pourquoi n'a-t-il pas parlé ?

— Peut-être, comme Dumnorix l'a dit, parce qu'il était réellement le dernier et que c'était une mise en scène.

— C'est possible, mais je ne le crois pas. Je pense qu'Acco avait effectivement fait une découverte et qu'il s'est tu pour protéger quelqu'un. Et il n'y a que deux possibilités : sa sœur ou sa mère.

— Ça ne peut pas être Duna ! Tu l'imagines poignardant son père, barbouillant de sang les mains de sa mère pour qu'elle soit suppliciée et assommant son frère par-derrière ?

— Gyptis pouvait encore moins agresser Acco : elle est sur l'île aux Femmes.

— Elle a peut-être un complice.

— Parce que tu la crois coupable ?

— Non, mais j'ai l'impression que c'est ce que pense Duna.

Titus resta silencieux. Il réfléchit un moment et livra le résultat de sa méditation :

— Moi, je la crois innocente, mais je crois aussi qu'elle en sait plus qu'elle ne dit. J'ai toujours eu la sensation qu'elle avait un secret. C'est pourquoi je vais aller la voir.

— Dans l'île aux Femmes ? Tu es fou ?

— Je demanderai à Bituit de m'accompagner. Il ira la chercher et je la rencontrerai sur l'autre rive. Je lui apprendrai la mort de son fils. Je pense que, sous le choc, elle me dira quelque chose...

C'était au tour de Palinure de faire part de ses projets. Il hésita un peu. Il pressentait que la réaction de son maître allait être vive.

— Moi aussi, j'ai l'intention de quitter Bibracte. Je vais accompagner Duna au sanctuaire des sources de la Seine.

— Qu'est-ce que tu dis ?

— Elle pense que c'est la seule manière de résoudre le mystère de Sequana.

Palinure ne se trompait pas dans ses appréhensions : Titus était hors de lui.

— Qu'est-ce que cette histoire de Sequana ? Qu'est-ce que c'est que ces élucubrations ? Qui en a parlé, à part Duna, qui a peut-être tout inventé ?

— Elle n'a rien inventé. Au banquet, elle avait véritablement peur.

— Tu n'iras pas !

— Si tu m'en donnes l'ordre, effectivement. Je te dois obéissance.

— Enfin, réfléchis ! Tes sentiments pour elle te font perdre la tête. Cette fille n'est peut-être pas coupable, mais reconnais qu'elle est suspecte. En partant avec elle, tu te mets à sa merci.

— Je ne vois pas pourquoi.

— Tu ne vois pas pourquoi ! C'est son pays. Elle en connaît tous les recoins, toutes les cachettes, tous les pièges. Avec elle, tu es comme la mouche face à l'araignée...

Le maître et l'affranchi discutèrent encore longtemps, mais chacun resta sur ses positions. Palinure maintint qu'il irait avec Duna, à moins que Titus ne le lui interdise formellement. Finalement, ce dernier ne le fit pas. Mais lorsqu'ils se quittèrent, le lendemain matin, pour aller dans deux directions différentes, il lui donna l'accolade, ce qu'il n'avait jamais fait. Il était certain de ne pas le revoir.

Le trajet pour aller dans l'île aux Femmes, située en territoire éduen, était très court. Partis le matin, Titus et Bituit arrivèrent sur les lieux en fin d'après-midi. En se pressant, ils pourraient voir Gyptis le jour même, ils bivouaqueraient sur place et repartiraient le lendemain matin.

Titus et Bituit étaient accompagnés d'un détachement militaire. À l'origine, Bituit avait voulu y aller sans escorte. La personne d'un druide était sacrée et nul n'aurait osé s'en prendre à lui, ni à Titurius, qui l'accompagnait. Mais Dumnorix avait insisté pour qu'il y ait des soldats, ne serait-ce que pour le protéger des bêtes sauvages, qui, elles, n'avaient pas le respect de sa fonction...

À première vue, l'endroit était tout à fait charmant. Les rives étaient parsemées de fleurs de printemps de couleur jaune et violette ; quelques arbres portaient leurs premières feuilles d'un vert tendre. L'île elle-même, de grandes dimensions, se dressait de l'autre côté du bras du fleuve aux eaux assez vives à cet endroit. Titus dit à Bituit qu'il ne s'attendait pas à rencontrer un cadre aussi aimable. Celui-ci, pour toute réponse, tendit le bras devant lui.

— Regarde plutôt.

Titus cligna des yeux dans cette direction et distingua sur l'île ce qu'il prit d'abord pour des arbustes. Mais, en regardant mieux, il s'aperçut qu'il s'agissait de pieux sur lesquels étaient fichés des débris humains : un bras, une jambe, un tronc, une tête... On ne pouvait annoncer plus clairement le sort qui attendait ceux qui braveraient l'interdit.

Il y avait plusieurs barques amarrées au rivage. Bituit s'était retourné vers les soldats et il était en train de leur donner l'ordre d'en détacher une, lorsque la chose se produisit. Un coup de tonnerre éclata. C'était d'autant plus surprenant que le ciel était parfaitement clair, à part quelques nuages légers poussés par un vent assez vif.

La suite fut plus surprenante encore. Comme s'ils avaient reçu un signal, les soldats se mirent à fuir dans tous les sens en poussant des cris. L'instant d'après, il n'y en avait plus un seul de visible. Titus resta abasourdi.

— Mais qu'est-ce qu'il leur arrive ?

— Ils ont peur que le ciel s'écroule. Un Gaulois n'a pas peur de la mort, mais il craint par-dessus tout la fin du monde, car, si cela arrive, il n'y a plus d'au-delà, plus de survie, plus rien du tout.

— Toi, tu n'as pas cette crainte, à ce que je vois.

— Non. On ne rencontre plus ces vieilles terreurs que chez les gens du peuple... Je vais me mettre à leur recherche, sinon, je ne sais pas quand ils reviendront.

Le druide s'en alla, le laissant seul. Titus se remit à contempler l'île, ne pouvant détacher son regard des macabres trophées qui s'y trouvaient. Au bout d'un moment, il entendit des pas derrière lui. Il lança :

— Eh bien, Bituit ?

Un court instant, il se dit que ce n'était peut-être pas Bituit et qu'il aurait dû se retourner. Ce fut sa dernière pensée. Il y eut un choc, une grande lueur et puis le noir.

Quand Titus reprit conscience, la réalité lui revint très vite. Quelqu'un l'avait assommé. L'agression à laquelle il s'attendait à tout moment à Bibracte venait de se produire ici. Il se tâta l'arrière du crâne : il sentit sous ses doigts une grosse bosse et le contact tiède du sang. Il semblait pourtant ne rien avoir de grave. Il était toujours au même endroit, près du rivage, mais un certain temps devait s'être écoulé, car le soleil était un peu plus bas sur l'horizon.

Il se redressa, ce qui lui occasionna des élancements douloureux dans la tête. Il aperçut alors un soldat qui le regardait, immobile, juste devant lui. Il avait du mal à le distinguer, car l'homme était en plein soleil. Il l'interpella en grimaçant, tant à cause de la douleur que de la lumière :

— Ne reste pas comme cela ! Tu ne vois pas que j'ai été attaqué ?

Mais le soldat ne bougea pas. Titus se souvint alors du coup de tonnerre et de la panique qui s'était ensuivie.

— Allons, remets-toi, le ciel ne s'est pas écroulé !

Il n'y avait pourtant rien à faire, l'homme ne bougeait toujours pas. Il restait aussi immobile qu'une souche. Titus se leva péniblement, fit quelques pas en titubant et se figea, réprimant un cri d'horreur. *Une souche*, avait-il pensé... c'était exactement la vérité ! Ce qu'il avait en face de lui n'était pas un soldat, mais un poteau de bois surmonté d'une tête humaine. Il était de l'autre côté de la rive, il était dans l'île aux Femmes ! Son agresseur, plutôt que de le tuer tout de suite, avait préféré l'envoyer à cette mort horrible.

Titus réagit. Il devait se jeter à l'eau et regagner à la nage l'endroit d'où il venait. Ce fut alors que la catastrophe arriva. Une barque apparut, qu'une forme sombre manœuvrait à l'aide d'une perche. Il avait devant lui une prêtresse de la mort, vêtue d'une longue robe noire avec un capuchon de même couleur rabattu sur la tête. Peut-être revenait-elle de faire des provisions sur la terre ferme, peut-être faisait-elle des rondes. En tout cas, elle l'aperçut à son tour et se mit à crier un mot dont Titus comprit parfaitement la signification :

— *Viro ! Viro !*

« Un homme ! »

Se jeter à l'eau, il n'en était plus question. La femme lui barrait la route et s'était emparée d'une hachette. Il n'y avait d'autre solution que d'aller dans l'autre direction, c'est-à-dire vers l'intérieur. Titus s'élança de toutes ses forces...

Deux autres formes noires, armées elles aussi d'une hachette, apparurent. Par chance, elles ne le virent pas. Mais, pour les éviter, il fut obligé d'aller jusqu'au centre de l'île. Il pénétra ainsi dans un village rudimentaire à la gauloise, heureusement désert. Au milieu, se dressait le temple de la mort. On ne pouvait rien imaginer de plus sinistre. Il était construit en rondins, comme celui de Cernunnos à Bibracte, mais entièrement peint en noir. Des crânes humains étaient cloués de place en place sur la façade. Un peu plus loin, dans toutes les directions, il entendait les voix stridentes des prêtresses qui s'appelaient entre elles...

— Titurius !

Titus sursauta. C'était Gyptis ! Ils auraient eu beaucoup de choses à se dire, mais l'heure n'était pas aux explications. Elle réagit d'ailleurs avec un grand sang-froid :

— Suis-moi !

Il courut dans la même direction qu'elle et entra dans une des maisons du village. Une forme reposait par terre sous une couverture, sans nul doute une prêtresse malade. Elle semblait inconsciente. Sa robe noire gisait un peu plus loin. Gyptis la lui tendit.

— Mets-la !

Les voix des autres prêtresses semblaient maintenant assez lointaines. Tout en s'habillant, Titus jugea qu'ils avaient le temps d'échanger quelques mots.

— Acco est mort.

— Qu'est-ce que tu dis ?

— Il faisait une enquête. On l'a tué parce qu'il avait trouvé quelque chose.

— Ce n'est pas possible !

— C'est la vérité. Je crois qu'il avait découvert ton secret.

— Mon secret ?

Gyptis le regardait, le visage hagard. Il demanda d'une voix pressante.

— Quel est ton secret, Gyptis ? Dis-le-moi ! Il faut que je le sache pour éviter d'autres drames.

Gyptis ouvrit la bouche. Peut-être allait-elle parler, mais des voix éclatèrent tout près. Titus se rua dehors, rabattant son capuchon sur sa tête. Un groupe de femmes en noir apparut un peu plus loin. Du bras, il leur indiqua une direction. Elles s'y précipitèrent et il partit dans le sens opposé.

Il revint ainsi à son point de départ, heureusement sans rencontrer personne. La prêtresse en barque n'était plus là. Elle s'était elle aussi lancée à sa poursuite et avait laissé son embarcation sur place. Il s'en empara et fut rapidement sur l'autre rive. Bituit l'attendait là avec les soldats, mort d'inquiétude. Il lui lança :

— Partons vite ! Je t'expliquerai en chemin. Si elles nous voient, cela pourrait mettre Gyptis en danger.

Rapidement, tout le monde s'enfonça dans la forêt. Titus commença alors à raconter au druide l'agression dont il avait été victime et les événements qui avaient eu lieu dans l'île aux Femmes. Tout en parlant, il ne pouvait pourtant s'empêcher d'avoir l'esprit ailleurs. Il pensait à Palinure. Lui-même avait survécu par miracle, mais son compagnon avait-il eu cette chance ? À l'heure qu'il était, était-il encore en vie ?

9

L'amie des serpents

Au même moment, Palinure et Duna touchaient au terme de leur première journée de marche. Il en fallait deux et demie pour arriver aux sources de la Seine. Normalement, le trajet était un peu plus long, mais la jeune fille, qui connaissait les environs de Bibracte par cœur, empruntait, au lieu de la route, des raccourcis à travers la forêt. Elle avait expliqué à son compagnon que non seulement ils iraient plus vite, mais ils éviteraient également les mauvaises rencontres. Aucun malfaiteur ne se risquait dans les endroits reculés où ils allaient.

Comme d'habitude, elle marchait devant pour écarter les vipères, et Palinure, derrière elle, voyait les bracelets en forme de serpent qu'elle portait à chaque bras briller dans la pénombre des sous-bois. Ils avaient peu parlé depuis le début. Les événements tragiques étaient trop récents et ils étaient l'un comme l'autre anxieux des résultats de leur entreprise.

Comme Titus, Palinure ne voyait pas le rapport que Sequana pouvait avoir avec le reste de l'enquête, mais il ne parvenait pas à oublier l'air bouleversé, presque terrorisé, de Duna évoquant sa présence au banquet. C'était juste après que Viridomar eut parlé de son assassinat, et cela ne pouvait être une coïncidence.

Palinure ne partageait pas non plus l'avis de Titus Flaminius concernant Duna. Non, il n'était pas en danger avec elle ! Si, comme Titus le disait, elle avait eu les moyens de l'attirer dans un piège, elle l'aurait fait depuis longtemps. D'ailleurs, pourquoi aurait-elle voulu sa perte ? Parce que c'était elle la coupable, parce qu'elle avait tué son père et envoyé son frère à la mort ? Si telle était la vérité, toutes les certitudes qu'il pouvait avoir sur l'être humain s'écrouleraient d'un coup et, à la limite, il lui serait indifférent de mourir... La voix de la jeune fille retentit devant lui :

— Nous arrivons !

Palinure regarda dans toutes les directions. On était au cœur de la forêt ; il n'y avait rien d'autre que des arbres et des buissons.

— Où sommes-nous ?

— Regarde !

Au détour du sentier, une cabane venait d'apparaître. Elle était rudimentaire, mais elle valait bien des habitations de Bibracte. Palinure manifesta son étonnement.

— À qui appartient-elle ? Qui peut y habiter ?

— Je ne sais pas. Je n'y ai jamais vu personne, mais elle a toujours été là.

Ils s'installèrent. Un ruisseau tout proche fournissait de l'eau. Ils firent du feu, non pour cuire les salaisons qu'ils avaient emportées, mais pour s'éclairer et éloigner les bêtes. Ils mangèrent en silence. À la fin, Palinure évoqua le sujet qui les préoccupait tous deux :

— Tu as repensé à ce qui s'est passé au banquet ?

— Je ne pense qu'à cela depuis que nous sommes partis, mais je ne trouve pas. J'espère que, quand nous serons dans son sanctuaire, Sequana m'enverra une révélation.

— Essaie quand même de réfléchir. Était-ce une femme, un homme ? Un détail que tu aurais vu sur l'un des convives, un bijou, un vêtement ? Une parole, un bruit que tu aurais entendus ? Ou même un goût, une odeur ?

La jeune fille fit tous les efforts possibles, plissant le front, serrant les poings, mais à la fin elle conclut, découragée :

— Il n'y a rien à faire.

Ils allèrent se coucher peu après, chacun dans une des deux pièces que comptait la petite demeure. Avant de s'endormir, Palinure pensa aux craintes de Titus. Il n'avait aucune appréhension à s'abandonner au sommeil ; il savait que Duna ne ferait rien contre lui. En revanche, il était rempli d'inquiétude pour son maître. Lui, il enquêtait officiellement et l'assassin le savait. Si quelqu'un était en danger, c'était lui !

La deuxième journée se déroula sans événement notable. Le matin du troisième jour, Palinure se décida à parler. Cette fois, il ne s'agissait plus de l'enquête ni du crime, mais de Duna et de lui-même.

Il ne pouvait plus se dissimuler les sentiments qu'il éprouvait pour elle. Dès qu'ils s'étaient vus, ils étaient allés l'un vers l'autre et, depuis, malgré les événements tragiques qu'ils avaient vécus, ils ne s'étaient pas quittés. Que ressentait-il exactement ? Palinure se savait du genre sérieux, il ne s'enflammait pas facilement et il n'était pas non plus un séducteur, comme son maître. En des circonstances moins mouvementées, il aurait parlé d'amour. Dans les moments agités qu'il vivait, il pouvait dire avec certitude qu'il n'avait pas envie de quitter Duna, ce qui était déjà beaucoup... Il lança d'une voix qui se voulait égale :

— Si tu arrives à résoudre cette enquête, que feras-tu après ?

— Que veux-tu dire ?

— Tout ce qui était à Acco est à toi, maintenant. Tu es la personne la plus riche du pays.

Duna eut une exclamation irritée :

— Tais-toi ! Je ne veux pas y penser. Si, je sais ce que je vais faire : je vais détruire le coffre et les têtes !

— Et tu auras raison ! Mais ensuite ? Les prétendants vont se bousculer. Il en viendra peut-être de toute la Gaule.

Elle se retourna vers lui, l'air excédé :

— Pourquoi me dis-tu cela ? Tu es intéressé ?

— Pas par ton argent.

Duna s'arrêta. Il y eut un grand silence, troublé seulement par le bruit du vent et des oiseaux de la forêt. Palinure poursuivit :

— Je ne crois pas que je pourrais vivre en Gaule, mais je suis sûr que tu te plairais à Rome.

Elle le fixait toujours, l'air abasourdi, comme si elle le voyait pour la première fois. Elle ne parlait toujours pas. Il continua donc.

— Bien sûr, je ne suis qu'un affranchi, mais...

— Mais tu es le seul avec qui je me sois sentie bien depuis que j'existe !

— Cela veut-il dire oui ?

— Non. C'est trop tôt. Il y a trop de choses qui se passent, trop de bouleversements. Je ne peux pas te répondre. Mais tout à l'heure, j'interrogerai Sequana. Elle me répondra. Elle m'a toujours répondu.

Elle se tut et ils gardèrent le silence jusqu'au sanctuaire. Il avait décidé de marcher à ses côtés et non plus derrière elle. De temps en temps, ils échangeaient un regard.

Il faisait particulièrement beau quand ils arrivèrent sur place. C'était une radieuse journée d'avril, presque chaude, ce qui réconforta Palinure après les températures glaciales qu'il avait connues à Bibracte. Mais il est vrai qu'il avait d'autres préoccupations que le climat.

La source de la Seine se trouvait au flanc d'une colline qui descendait en pente douce vers la plaine. Au milieu de celle-ci, un grand bassin avait été creusé et le mince ruisseau s'y répandait, avant de reprendre son cours normal un peu plus loin. À l'horizon, sur une autre hauteur, se dressait une ville importante entourée de puissants remparts, qui n'était pas sans rappeler Bibracte. La jeune fille apprit à son compagnon qu'il s'agissait d'Alésia.

En cette période de fête, une foule de gens se pressait sur les lieux. Curieusement, aucune effigie de Sequana n'était visible, pas même une grossière représentation en forme de poteau. Palinure s'en étonna. Duna lui expliqua :

— Ce n'est pas la peine qu'elle ait une statue, tout le monde sait à quoi elle ressemble. De toute manière, ce n'est pas ici qu'est son sanctuaire, mais là-haut. Regarde !

Elle lui désigna une grotte sur la colline.

— C'est là que loge le prêtre et c'est aussi la demeure de Sequana.

— Pourquoi les gens n'y vont-ils pas ?

— Ils n'en ont pas le droit. C'est un endroit sacré interdit au public.

— Nous ne verrons pas le prêtre ?

— Si. Il va venir tout à l'heure pour la cérémonie.

Palinure en revint à leur préoccupation commune.

— Est-ce que tu vois quelque chose qui te rappelle le banquet ?

— Pas pour l'instant... Approchons !

Ils se mêlèrent à la foule, qui arborait ces dehors bariolés si particuliers à la Gaule. Il y avait des hommes, des femmes, des enfants. Tout le monde se pressait devant le bassin en une joyeuse bousculade et certains y lançaient de petits objets de pierre ou de métal. Duna continua ses explications :

— Sequana est une déesse guérisseuse. Les malades qui ont recouvré la santé après l'avoir implorée viennent jeter dans ses eaux une statuette représentant la partie de leur corps qui a été guérie.

Palinure ne répondit rien, il se contenta de hocher la tête. Ce rituel ne le surprenait pas trop. Il en existait de semblables dans certaines campagnes d'Italie, le plus souvent auprès d'un temple d'Esculape. Soudain, il poussa un cri. Sa compagne se tourna vers lui :

— Qu'est-ce qu'il t'arrive ?

— Je ne sais pas. C'est ma jambe...

Ils étaient au milieu des hautes herbes. Il se pencha et vit une forme qui disparaissait en se tortillant. Il vit aussi sur son mollet les deux trous caractéristiques des crochets d'une vipère. Duna avait vu la même chose.

— C'est ma faute ! J'étais troublée. J'aurais dû faire attention !

— Tu n'y pouvais rien. Tu es l'amie des serpents, pas leur déesse. Ils ne t'obéissent pas.

— Ne bouge pas. Ne te fatigue pas ! Il faut éviter que le sang circule trop vite. Je vais chercher de la selage.

Palinure la vit courir en tous sens, le regard tourné vers le sol. Par chance la plante salvatrice se trouvait tout près. Elle se baissa et la cueillit avec sa main droite passée dans la manche gauche, puis revint vers lui. Elle appliqua la moitié des feuilles sur la morsure et lui tendit l'autre moitié.

— Mâche-les lentement. Il faut que tu les gardes dans ta bouche le plus longtemps possible.

Palinure s'exécuta. Elle regarda autour d'elle et lui désigna une petite cavité dans une colline un peu plus loin.

— Il faudrait que tu t'allonges dans un endroit frais. Pourras-tu aller jusque-là ?

Il fit signe que oui et, s'appuyant sur elle, il y parvint non sans difficulté. Là, il se coucha. Le sol était humide, mais il ne s'en plaignit pas. Il était brûlant.

— Tu vas te sentir mal, tu vas avoir de la fièvre, mais tu es sauvé. Tu me crois ?

— Je te crois.

— La fête de Sequana va bientôt commencer. Je vais devoir t'abandonner.

— Vas-y ! C'est plus important que tout.

Elle lui sourit et disparut en courant.

Dès qu'elle fut partie, Palinure sombra dans un état inquiétant. Il se mit à grelotter, bien que bouillant de fièvre. Il respirait avec difficulté. Par moments, il étouffait presque. Sa jambe le faisait terriblement souffrir. Si Duna ne lui avait pas dit qu'il était hors de danger, il aurait cru qu'il était en train de mourir. Peu à peu, son esprit fut atteint lui aussi. Il perdit conscience de la réalité. Il ne savait plus qui il était, ni ce qui lui arrivait. Il se laissa aller. Il ne pouvait rien faire d'autre.

Lorsqu'il revint à lui, il mit un long moment à se souvenir de ce qui s'était passé. Il s'aperçut alors de deux choses : il faisait nuit et Duna était à ses côtés. Il parvint à articuler :

— Tu as trouvé ?

— Non. Repose-toi. Demain, tu seras guéri.

Elle disparut et il se retrouva seul dans la grotte. Sa réponse, qu'elle avait prononcée d'un ton particulièrement lugubre, le plongea dans un grand abattement. Il se retrouva bientôt dans un état intermédiaire entre le sommeil et la veille, peuplé de visions étranges et inquiétantes. Il se voyait au banquet du gui et non seulement Sequana était là, mais il n'y avait qu'elle autour de la table. Toutes les places étaient occupées par des piquets de bois à son effigie, avec quelques traits pour indiquer son visage. Il cherchait désespérément Duna des yeux, mais elle n'était pas là !

Ce fut à ce moment-là qu'il l'entendit. Son cri éclata à l'extérieur de la grotte, si terrible qu'il le glaça jusqu'aux os. Il n'avait jamais rien entendu de tel. C'était un hurlement interminable qui exprimait un désespoir indicible. Il tenta de se lever pour lui porter secours, mais l'effort qu'il fit eut raison de lui. Il retomba sans force, se débattant au milieu de ses visions de cauchemar.

Au matin, il était guéri. Mais si la fièvre avait disparu, il était dans un état de faiblesse effrayant. Il se réveilla d'ailleurs fort tard. Duna, qui était assise près lui, s'aperçut qu'il ouvrait les yeux.

— Nous allons repartir. Tu n'es pas capable de marcher. Un marchand qui va à Bibracte accepte de nous convoyer, mais nous ne devons pas trop tarder.

Elle l'aida à se lever. Il avait les plus grandes peines du monde à mettre un pied devant l'autre, mais en s'appuyant sur sa compagne, il parvint tant bien que mal à se traîner. Il lui demanda :

— Pourquoi as-tu crié, cette nuit ?

— Je n'ai pas crié.

— Je t'ai entendue.

— C'était une illusion. Tu délirais.

Palinure n'insista pas. C'était peut-être la vérité, même si le ton particulièrement lugubre sur lequel elle lui avait répondu lui faisait penser le contraire... Ils repassèrent devant le bassin, à présent déserté par la foule. Au milieu des quelques Gaulois encore présents, il distingua un char à bœufs vers lequel Duna se dirigea. Le char dégageait une forte odeur : il devait transporter du poisson séché.

Le marchand l'aida à monter et à s'installer au milieu de la marchandise, Duna s'assit à ses côtés. Elle était fermée, affichant un masque tragique. Les roues se mirent bientôt à bouger. Il se tourna vers elle.

— Je comprends ta déception. Mais tu finiras par trouver.

— Ce n'est pas cela. Sequana a dit non.

— Comment cela ? Non à quoi ?

— Non pour nous.

Elle se tut. On n'entendait plus que le grincement des essieux. Environné par la lancinante odeur de poisson, Palinure se demanda longtemps la raison du refus de la déesse de la Seine, mais il était si épuisé qu'il finit par sombrer dans un sommeil sans rêves.

10

Les révélations de Bibracte

Arrivé à Bibracte, Palinure se traîna jusqu'à la maison de Bituit. Lorsqu'il l'aperçut, Titus courut à sa rencontre, subitement inquiet en découvrant l'état dans lequel il se trouvait.

— Que t'est-il arrivé ?

— J'ai été mordu par une vipère. Non seulement Duna n'y est pour rien, mais c'est elle qui m'a soigné. Sans elle, je serais mort.

Titus lui demanda s'il devait faire venir le druide, qui connaissait certainement quelque remède. Mais Palinure le rassura. Il n'avait plus rien à craindre ; il se sentait seulement un peu faible. Il s'assit sur un banc de pierre, devant la maison. Titus fit de même.

— Je reconnais que je me suis trompé au sujet de

Duna. Mais pour Sequana, j'avais raison, n'est-ce pas ? Il ne s'est rien passé ?

— On ne peut pas vraiment dire cela.

Et Palinure parla. Il dit tout, même ce qui était personnel. Il avait besoin de se confier après les terribles moments qu'il venait de vivre. Il raconta son aveu à la jeune fille, il décrivit les sources de la Seine – ce bassin où les gens jetaient des statuettes représentant une partie de leur corps, en remerciement de leur guérison –, et aussi la grotte qu'habitait le prêtre où il n'était pas permis d'aller. La suite, il ne l'avait pas vue, mais Duna lui en avait annoncé le terrible résultat. Il parla enfin de son cri de désespoir, qu'il croyait avoir entendu dans la nuit. Durant le voyage du retour, elle avait à peine prononcé deux mots. Elle était effondrée. En le quittant, elle lui avait juste dit qu'elle allait faire brûler le coffre aux têtes coupées.

Titus ne fit pas de commentaire. Il était navré pour son compagnon, mais pas vraiment surpris. La piste de Sequana n'avait abouti à rien, comme il l'avait prévu. Quant au comportement de Duna, il était en tout point conforme à ce qu'on pouvait attendre de cette fille fantasque. Palinure lui avait avoué son amour et elle partageait visiblement ses sentiments, mais il suffisait que sa divinité de prédilection s'y oppose pour qu'elle renonce à tout, même si cela la désespérait. Il prit la parole à son tour :

— Moi aussi, j'ai des choses à te dire.

Et Titus raconta les événements qu'il avait vécus dans l'île aux Femmes. Il parla de son agression, bien sûr, et il n'omit rien de sa rencontre avec Gyptis. En particulier, il lui confia que l'attitude de la veuve l'avait convaincu qu'elle détenait bel et bien un secret. Palinure l'écoutait avec l'attention la plus extrême.

— Qui a pu t'attaquer ? Tu en as parlé avec le druide ?

— Oui, mais il n'a pas plus d'idée que moi. Ce peut être un des soldats, sur l'ordre de Dumnorix, ou n'importe quel habitant de Bibracte qui nous aurait suivis.

— Et pourquoi ne t'a-t-on pas tué tout de suite ? Pourquoi t'avoir amené dans l'île ?

— Peut-être a-t-on préféré que les prêtresses s'en chargent.

Palinure hocha la tête. Il était repris par l'enquête, ce qui lui faisait oublier son sort personnel.

— Normalement, Gaïla devrait bientôt revenir des eaux. Avec son témoignage, nous allons pouvoir progresser.

— J'y ai pensé aussi. Mais se souviendra-t-elle de cette conversation un mois après ?

— Titurius ! Titurius !

Un Gaulois que Titus n'avait jamais vu auparavant accourait vers eux. Il était hors d'haleine et semblait bouleversé.

— Mon maître, Ollivico, te réclame.

— Qui est-ce ? Je ne le connais pas.

— Lui, il te connaît. Il a quelque chose à te confier à propos de Viridomar. Il faut que tu me suives.

— Pourquoi est-ce si urgent ?

— Il va mourir...

Titus ne répliqua rien et partit seul avec lui, puisque Palinure n'était pas autorisé à enquêter. Il n'oubliait tout de même pas la prudence. Il pouvait fort bien s'agir d'un piège, et il resta constamment sur ses gardes tout en suivant l'homme. Tandis qu'ils cheminaient à travers des bois et des rues bordées de maisons, celui-ci lui expliqua qu'Ollivico était maître de forges. C'était même le plus important de Bibracte. Tout à l'heure, un chaudron rempli de fer en fusion s'était fendu et il avait été grièvement blessé par les jets de métal bouillant.

Ils arrivèrent sur place, dans le quartier industriel de la ville que Titus connaissait bien, désormais. La fonderie d'Ollivico était effectivement la plus importante. Sa haute cheminée dépassait toutes les autres et elle comportait plusieurs bâtiments. Un attroupement s'était formé, qui se dispersa quand ils arrivèrent.

Le maître de forges, un homme encore jeune, était dans un état très grave. Il avait été littéralement aspergé de fer en fusion. Tout son corps était couvert de plaques grisâtres encore fumantes. Il semblait souffrir atrocement mais, à la vue de Titus, il eut une expression d'intense soulagement.

— Approche, Titurius ! Je ne veux pas mourir sans t'avoir parlé. Sinon, les dieux ne me réserveront pas un très bon accueil, là-bas...

Titus s'agenouilla auprès de lui.

— Il faut que je te dise ce qui s'est passé il y a vingt ans, reprit Ollivico. Quand Viridomar est arrivé à Bibracte. C'était la nuit... (Il grimaça et se dressa péniblement sur les coudes. Il faisait les plus grands efforts pour parler.) Personne ne l'a vu. Il est allé directement trouver mon père. C'était le meilleur fabricant de monnaie de la ville. Viridomar avait avec lui des vases, il lui a demandé de les transformer en pièces. Des vases d'or.

— Tu les as vus ? Où étais-tu ?

— J'étais enfant. Je dormais dans une cabane à côté. Je me suis levé et j'ai assisté à leur conversation sans qu'ils me voient.

— Qu'a dit ton père ?

— Que ces vases étaient sûrement volés et qu'il refusait. Mais Viridomar lui a proposé la moitié des pièces, alors il a accepté. Il a travaillé toute la nuit.

— Ton père est mort ?

— Peu de temps après. Dans un accident, à la chasse. Avec Viridomar...

Titus repensa à ce que lui avait dit Gyptis au sujet de son propre père. C'étaient presque exactement les mêmes mots.

— Et après ?

— Une fois adulte, avec cet argent, j'ai racheté d'autres ateliers et je suis devenu le plus grand maître de forges de Bibracte.

— Pourquoi n'as-tu rien dit ?

— Je savais que Viridomar me tuerait.

— Et après sa mort ?

— J'ai hésité. J'avais peur du déshonneur pour ma

femme, pour mes enfants. J'ai eu tort. (Il désigna le chaudron fendu de part en part.) Taranis m'a puni !

Pour faire son témoignage, le blessé avait réuni toutes ses forces. À présent qu'il avait terminé, il se laissa aller sur le sol et ferma les yeux. Titus crut un instant qu'il était mort, mais il les rouvrit à demi. Titus le questionna fébrilement :

— Ces vases, à quoi ressemblaient-ils ?

— Je ne sais pas... Il faisait nuit. J'ai mal vu.

— Étaient-ils gaulois ?

— Les Gaulois ne font pas de vases.

De nouveau, l'homme retomba en arrière. Mais il se redressa une dernière fois :

— Titurius, arrête ton enquête !

— Pourquoi ?

— Ce n'était pas un crime. C'était... justice !

— Mais si je ne découvre pas l'assassin, c'est Gyptis qui va être torturée et brûlée ! Tu comprends ?

Non, Ollivico ne comprenait pas. Et il n'entendait pas davantage. Il était immobile, les yeux ouverts. Mort.

Titus revint seul vers la maison de Bituit. Il avait hâte d'annoncer cette information capitale à Palinure, ainsi qu'au druide lui-même. Le chemin le fit passer devant chez Viridomar, où il fut le témoin d'une scène animée. Quatre domestiques étaient en train de franchir le seuil de la demeure en portant le lourd coffre de bois contenant les têtes coupées. Duna les regardait faire, une torche à la main.

Lorsque le coffre fut posé par terre, elle ouvrit le couvercle et approcha la flamme. Un forcené surgit alors en courant. C'était Uxellos, son casque doré en travers sur la tête.

— Duna, ne fais pas cela, je t'en supplie !

La jeune fille lui jeta un bref regard et haussa les épaules.

— Si tu veux t'en débarrasser, vends-les-moi ! Je t'en offre très cher.

Pour toute réponse, elle jeta sa torche dans le coffre. L'huile de cèdre prit feu instantanément. Uxellos poussa des hauts cris :

— Des têtes magnifiques, qui venaient toutes de chez Tasgétios ! C'est un crime, un crime !

Titus poursuivit sa route, songeur. Ainsi donc, elles avaient disparu, ces têtes qui étaient au centre de toute l'histoire ! Du moins était-ce vrai pour les cinq premières, car il restait l'autre, la sixième... et où était-elle, celle-là ? La réponse à cette question était simple. De toute évidence, la sixième tête se trouvait chez l'assassin. Sauf qu'on ignorait toujours l'identité de ce dernier.

Peu après, une discussion animée eut lieu entre Bituit, Titus et Palinure. Tous trois étaient conscients qu'il s'agissait de la plus importante découverte depuis le début de l'enquête. Elle changeait les perspectives du tout au tout. Les étrangers présents au banquet, qui étaient restés jusque-là à l'arrière-plan, occupaient désormais le devant du drame.

Car le druide confirma ce qu'avait expliqué Ollivico avant de mourir : les Gaulois ne fabriquaient pas de vases d'or. Leur production dans ce domaine se limitait à quelques récipients en argile ou en bois, dans un but purement utilitaire. Et non seulement ils n'en fabriquaient pas, mais ils n'avaient aucun goût pour ce genre d'objets. L'exemple d'un Viridomar, qui aurait pu s'offrir la vaisselle la plus luxueuse et qui n'avait que des ustensiles grossiers, le démontrait amplement. Autrement dit, pour voler de pareilles pièces d'orfèvrerie, il fallait se rendre ailleurs qu'en Gaule.

Alors, d'où pouvaient provenir ces vases ? C'étaient les Grecs qui produisaient les plus renommés, mais les Égyptiens en fabriquaient également et depuis plus longtemps qu'eux ; quant aux Romains, ils savaient évidemment en faire. À l'exception de Cavarinos, qui était, dans le fond, un Gaulois, les étrangers devenaient les principaux suspects. Et si l'un d'eux, autrefois victime de ce vol, était venu se venger sous l'identité d'un marchand, d'un mage ou même d'un officier de César ?

Certes, il s'était passé beaucoup de choses depuis le banquet : la mort de Comnios, la profanation de la sépulture de Viridomar, la mort d'Acco... et aucun d'eux n'était présent à ce moment-là. Mais ce n'était pas vraiment une objection : il s'agissait peut-être de faits sans rapport avec le meurtre. La noyade du barde pouvait être un accident, l'agression d'Acco une simulation de ce dernier pour échapper à son sort, et la décapitation de Viridomar, la vengeance posthume d'un tiers. Une chose était certaine, en tout cas : le témoignage de Gaïla, la riche veuve à qui le maître de maison avait fait la cour au banquet, devenait plus que jamais essentiel.

Gaïla arriva deux jours plus tard et, prévenue par la rumeur publique, qui était décidément au courant des moindres détails de l'enquête, elle se rendit immédiatement chez Bituit où elle trouva Titus.

— Il paraît que tu veux me voir d'urgence, Titurius ?

Elle était vêtue d'une robe rouge et orange. Elle portait des bracelets et un collier de corail, matériau exotique dont les Gaulois raffolaient. Son séjour à Aquae Sextiae semblait lui avoir réussi, en tout cas : elle était débordante de dynamisme.

— C'est vrai, Gaïla. Tu peux m'être d'un grand secours. Te souviens-tu de ce qui s'est passé au banquet ?

— Bien sûr. Dis-moi, cette pauvre Gyptis, risque-t-elle vraiment la mort ?

— Pas seulement la mort !

— Avec un mari pareil, elle n'est pas coupable. C'est une victime, au contraire. Si tu savais ce qu'il m'a dit !

— Je pense que Gyptis est innocente... Ainsi, Viridomar t'a poursuivie de ses assiduités ?

— Pire que cela. Il voulait coucher avec moi et il

m'a demandé mon prix. Comme je ne répondais pas, il m'a proposé une somme. Et plus la soirée avançait, plus il était soûl, et plus il l'augmentait. J'avais beau dire non, il continuait.

— À un moment, Comnios, le barde, est venu lui parler. Tu t'en souviens ?

— Je pense bien ! Pendant ce temps-là, Viridomar m'a laissée tranquille.

— Que lui a-t-il dit ?

— Je n'ai pas tout entendu, car ils parlaient bas et je ne cherchais pas à écouter. Mais j'ai parfaitement compris que le barde demandait de l'argent en échange d'un secret.

— Quel secret ?

— Celui de sa fortune. Cela tournait autour de ça...

— Est-ce que Comnios a fait une allusion quelconque qui pourrait nous mettre sur la voie ? Réfléchis, c'est très important !

Gaïla se concentra un instant, le front entre les mains. On sentait qu'elle prenait son rôle très au sérieux et qu'elle voulait sincèrement collaborer.

— Peut-être bien... À un moment, il a dit quelque chose d'étrange. Sur le coup, je n'y ai pas prêté attention, mais maintenant, c'est différent. Il l'a menacé de révéler qu'il avait fait fortune « en traversant les flots » ou « en franchissant les mers »... Je ne sais plus quels mots exacts il a employés.

— Et quelle a été la réaction de Viridomar ?

— Il l'a fait taire tout de suite. Après, il a continué

la conversation en chuchotant. Je n'ai plus rien entendu.

Gaïla, qui était une femme démonstrative et volubile, continua pendant un bon moment son témoignage, mais cela n'ajouta rien à ce qu'elle venait de dire. Ce n'était d'ailleurs pas nécessaire. Grâce à elle, l'enquête venait de progresser de manière décisive. Cette fois, plus de doute : Viridomar avait volé ses vases à l'étranger et le coupable était originaire d'un pays autre que la Gaule.

Lorsqu'il était venu trouver Titus dans sa villa de Rome, César lui avait dit qu'il serait tenu régulièrement au courant des mouvements de l'armée. Titus s'était imaginé qu'il lui enverrait des émissaires discrets, mais ce n'était pas nécessaire : tout le monde, à Bibracte, était au courant de la progression de l'armée romaine.

En cette fin avril, elle se trouvait près du Rhin, non loin de son embouchure tout au nord de la Gaule, aux confins de la Germanie. Malgré la distance, il était évident que Titus devait s'y rendre pour continuer son enquête, car c'était là que se trouvaient ses principaux suspects : Mélétos le marchand grec, Éphialtès le mage égyptien et les deux Romains, Caius Celsus et Marcus Geminus.

Que se passerait-il par la suite s'il trouvait une preuve décisive contre l'un d'entre eux ? Il semblait bien difficile, voire impossible, de traduire l'intéressé devant le conseil de famille. Mais le principal était de prouver l'innocence de Gyptis. Dans ce cas, Bituit se faisait fort d'obtenir son acquittement et la condamnation symbolique du coupable.

Le même Bituit proposa à Titus d'attendre quelques jours avant de partir pour l'armée. En mai devait avoir lieu la réunion annuelle des druides dans la forêt des Carnutes. Un certain nombre d'habitants de Bibracte, notamment une bonne part de ceux qui étaient présents au banquet, avaient l'intention de l'accompagner, l'événement donnant lieu à un grand rassemblement en provenance de toute la Gaule. Titus apprendrait peut-être là des choses intéressantes ; de plus, les Carnutes étaient sur son chemin.

Titus convint que c'était une excellente idée, et le départ se fit début mai. Une personne, pourtant, ne quitta pas Bibracte. Il s'agissait de Duna, qui refusa obstinément de partir lorsque Bituit le lui proposa. Depuis leur retour des sources de la Seine, c'était à peine si Palinure avait pu la voir deux ou trois fois. Et encore, elle s'était montrée sombre, taciturne. Le reste du temps, il avait trouvé porte close.

Avant de partir pour ce voyage lointain et dangereux, l'affranchi voulut lui faire ses adieux et elle ne refusa pas de le recevoir. Elle l'écouta en silence et lui souhaita bonne chance, mais d'un ton si sinistre qu'il en eut le cœur brisé. Cette fois, il n'y tint plus. Duna souffrait visiblement autant qu'il souffrait lui-même. La situation était absurde. Il fallait tenter quelque chose.

— Tu ne veux pas me dire ce que t'a répondu Sequana ?

— Elle a dit « non ».

— Oui, mais de quelle manière ? Est-ce qu'elle t'a envoyé un signe ? Tu as pu te tromper en l'interprétant.

— Je ne me suis pas trompée.

Palinure la contempla, atterré. Tout en elle était fermé. Elle avait maigri. Son visage était devenu presque dur. Il se força quand même à sourire.

— Dis-moi ce que je peux faire. Quoi que ce soit, je le ferai.

Mais Duna eut un geste de la tête, violent, presque désespéré, et répliqua, avant de tourner les talons :

— Tu ne peux rien. Je suis morte !

— [illegible] ne vais pas être [illegible]
[illegible]

— Elle a eu [illegible]

— C'est [illegible]
[illegible]

II

[illegible]

Patiné la cantinière, [illegible]
[illegible] ces symptômes [illegible]
[illegible]

— [illegible]

Mais [illegible]
[illegible]

[illegible]

185

11

La forêt des supplices

La nation des Éduens ne se limitait pas à Bibracte, sa capitale. C'était une des plus étendues de toutes celles qui constituaient la Gaule. Bituit et sa suite la sillonnèrent en tous sens, pour que ceux qui voulaient se joindre à eux puissent le faire. Peu à peu, la troupe grossit, jusqu'à compter environ un millier de personnes. Parmi celles-ci ne figurait pas Dumnorix. Le vergobret, en effet, n'avait pas le droit de franchir les frontières de son pays. Cette mesure avait été prise pour qu'il reste en permanence à la disposition de son peuple, mais c'était aussi une manière de le surveiller.

Ce fut à la mi-mai qu'ils arrivèrent tous au pays des Carnutes. Il était réputé être au centre de la Gaule, car les voyageurs les plus lointains en provenance des quatre points cardinaux mettaient le même temps pour y parvenir. Titus découvrit avec surprise qu'une foule considérable était déjà présente dans la vaste plaine, qui se terminait par une forêt.

Depuis le départ, Bituit s'était peu entretenu avec lui. Par diplomatie, il ne voulait pas trop s'afficher avec un Romain avant le rassemblement des Carnutes, principal symbole de l'unité gauloise. Mais il tint quand même à le saluer avant de partir pour la réunion des druides.

— Je vais devoir te quitter. Cette fois, l'affrontement va être décisif !

Il montra la forêt qui leur faisait face, où nul autre que les druides ne pouvait entrer sous peine de mort.

— Le druide suprême vient de mourir. Je vais me présenter à l'élection. J'aurai contre moi un représentant de la tradition, sans doute Lugotorix, le plus enragé de tous. Quel que soit le résultat, tu pourras l'annoncer à César. Il est très important pour lui.

— Lugotorix est antiromain ?

— Avec acharnement. S'il l'emporte, il tentera de provoquer un soulèvement général. Mais ce n'est pas le seul enjeu...

Bituit lui désigna des personnes enchaînées, qui se trouvaient près de grands objets d'osier ou de bois transportés sur des chariots.

— Tous ces gens vont être exécutés. Ils sont des centaines à mourir ainsi chaque année, aux Carnutes.

— Ce sont des criminels ?

— Pas seulement, hélas ! Il y a là beaucoup d'innocents qui vont être sacrifiés. Bien sûr, si je suis élu, cela n'aura pas lieu...

— Alors, que les dieux soient avec toi !

Bituit le salua et s'éloigna. En même temps que lui, les autres druides, reconnaissables à leurs robes blanches, convergèrent vers la forêt où ils disparurent les uns après les autres. Le reste des Gaulois s'installa en attendant leur retour. Ils avaient apporté des tentes, de grandes quantités de viande et de vin, et la plus étrange des fêtes commença.

Tout le monde était groupé par nations et, à l'intérieur des nations, par villes ou groupes de villages. Les habitants de Bibracte étaient tous ensemble et, parmi eux, les participants au banquet du gui étaient nombreux. Gaïla et Agrona, la servante de Gyptis, représentaient l'élément féminin.

Titus était en train de se demander s'il allait les rejoindre lorsque Bricco se détacha du groupe et vint vers lui. Le petit Gaulois noiraud et malingre était tout sourire.

— Tu vois tous ces gens-là, qui portent des chaînes ? Ils vont être sacrifiés.

— Je sais.

— Mais tu ne sais pas de quelle manière.

— Je m'en moque !

— Je vais quand même te le dire. Ceux qui seront sacrifiés à Taranis, le dieu du feu et des forgerons, seront brûlés dans ces mannequins d'osier que tu vois là. Ceux qui seront offerts à Ésus, le dieu de la guerre, seront attachés aux arbres de la forêt et saignés. Les derniers sont pour Teutatès, notre dieu national : ils seront noyés dans les grandes cuves transportées sur ces chariots. Je vais les voir tous mourir avant moi ! Tu imagines un peu ?

Visiblement, Bricco avait déjà commencé les libations. Il sentait le vin à plein nez.

— Tu ne me demandes pas comment je vais être sacrifié, moi ?

Titus ne répondit pas.

— Comme tu voudras... ce sera la surprise ! Je sais que tu vas rejoindre l'armée de César pour interroger l'Égyptien, le Grec et les deux Romains à propos des vases, mais ne t'attarde pas trop !

— Pourquoi ?

— Parce que mon sacrifice aura lieu à la pleine lune suivant le solstice d'été.

— Je n'ai aucune envie d'y assister, au contraire !

— Tu aurais tort ! À ce moment-là, je te dirai quelque chose de très important pour ton enquête.

— Que sais-tu ?

— Je te le dirai à ce moment-là, Titurius, pas avant !

Et Bricco s'en alla, d'une démarche mal assurée. Titus resta seul avec Palinure. Ils s'apprêtaient à rejoindre les autres, mais ce fut au tour d'Icostagos de venir à leur rencontre. Le bourreau et assistant du druide s'exprima d'un ton mauvais :

— Je vous demande de rester à l'écart, tous les deux. Les Carnutes sont la grande cérémonie de notre peuple. Nous voulons être entre Gaulois !

Il n'y avait rien d'autre à faire qu'à s'incliner. D'autant qu'en regardant dans la direction des autres, Titus put remarquer que presque tous le considéraient avec un visage fermé, voire hostile. La conclusion s'imposait d'elle-même : les Romains n'étaient pas vraiment aimés des Éduens. L'élection de Dumnorix n'avait pas été un hasard fâcheux. Un renversement des alliances était tout à fait possible. Peut-être se préparait-il déjà.

Titus resta seul avec Palinure. Ce dernier était sombre. Depuis le départ, il ne cessait de s'interroger sur l'attitude de Duna et ils avaient très peu parlé. Cette fois, pourtant, les propos de Bricco provoquèrent entre eux un débat animé. Ni l'un ni l'autre ne fut en mesure de dire ce que ce dernier avait pu apprendre, mais ils convinrent qu'ils devraient, dans la mesure du possible, être présents à l'exécution du malheureux.

La soirée avançait. Si Titus et Palinure se contentaient de manger de la viande séchée et de boire de l'eau, il n'en était pas de même autour d'eux, loin de là ! C'étaient de véritables banquets qui avaient lieu, arrosés de vin pur, à la manière gauloise. Le temps passant, les prisonniers destinés à mourir dans les supplices avaient été conviés à s'associer aux ripailles. Comme ils ne pouvaient se servir de leurs mains entravées, on les nourrissait et on les faisait boire. Ils se laissaient faire de bon cœur et, parfois, se mettaient à plaisanter et à rire avec les autres.

Bientôt, dans toute la plaine, résonnèrent des chants gaulois braillés à tue-tête. Ce fut alors que

Titus et Palinure eurent la sensation d'une présence dans l'ombre, tout près d'eux. Immédiatement, la conscience du danger, qui ne les quittait pas, les mit en alerte. Ils se saisirent chacun du poignard qu'ils avaient sur eux. Mais une voix féminine s'éleva :

— C'est moi, Agrona. Je voudrais vous parler.

L'instant d'après, la servante de Gyptis apparut dans la lumière du feu auprès duquel ils se tenaient. Elle s'apprêtait à dire quelque chose, mais elle eut soudain un sursaut effrayé et disparut en courant. Titus porta le regard dans la même direction qu'elle et aperçut Icostagos.

Le lendemain matin, une attente fébrile s'installa. Chacun savait que l'élection du druide suprême était en cours, et des discussions passionnées avaient lieu à ce sujet. Enfin, vers le milieu de la journée, la troupe blanche des religieux gaulois sortit de la forêt des Carnutes. Tout le monde se précipita vers eux et fit silence pour apprendre le résultat. Un druide, que Titus ne connaissait pas, prit la parole :

— Lugotorix et Bituit n'ont pu être départagés. Il a été décidé qu'un duel à l'épée désignerait le druide suprême.

Un cri d'excitation s'éleva dans l'assistance. Les Gaulois bénissaient l'indécision des druides qui allait les gratifier d'un spectacle inattendu et exceptionnel. Titus et Palinure ne s'attendaient pas à ce que l'élection connaisse un semblable dénouement, mais cet épisode guerrier ne les surprenait pas. Ils avaient vu plusieurs fois Bituit s'entraîner aux armes et celui-ci leur avait expliqué qu'il n'était pas interdit aux druides de se battre. Certains même allaient au combat avec les autres. En tout cas, ils avaient pu apprécier les qualités de Bituit dans ce domaine et ils étaient confiants pour la suite.

Un grand cercle fut formé au milieu de la plaine. Au premier rang prirent place les druides dans leur robe blanche et, derrière, la foule bariolée des Gaulois. Les prisonniers enchaînés assistaient eux aussi à l'événement mais contrairement aux autres, ils affichaient une totale indifférence. Ils ne savaient visiblement pas que leur sort dépendait de l'issue du combat.

Enfin, les deux combattants firent leur apparition, chacun armé d'une longue et lourde épée à la gauloise. À cette occasion, Titus et Palinure découvrirent Lugotorix. Cette vision ne les rassura pas. Il était grand, maigre, solidement bâti et plus jeune que Bituit. Physiquement, il avait l'avantage. Il fallait espérer que la science des armes de l'Éduen compenserait ce handicap.

Sur le signe d'un des druides, qui avait été désigné comme arbitre, le combat s'engagea. Il fut aussitôt acharné. Tous deux faisaient de grands moulinets, tant pour tenter de toucher l'autre que pour le tenir à distance. Les épées s'entrechoquaient avec un fracas métallique en lançant parfois des étincelles. Cela dura longtemps, trop longtemps au goût de Titus et Palinure, qui échangèrent une moue pessimiste. Les deux combattants étaient en train de s'épuiser et, à ce jeu-là, c'était Lugotorix le plus fort.

Ils ne se trompaient pas. Bituit ne tarda pas à donner des signes de fatigue et ne parvint pas à parer un coup particulièrement violent de son adversaire : frappé en pleine poitrine, il s'écroula comme une masse. Il y eut un grand cri dans la plaine, qui se tut aussitôt : Lugotorix s'approchait du blessé, l'épée levée. Titus et Palinure retinrent leur souffle. Ils ne savaient pas s'il s'agissait d'un combat à mort, auquel cas c'en était fini de leur ami. La voix du grand druide longiligne s'éleva :

— Reconnais-tu ta défaite ?

En guise de réponse, Bituit leva la main droite. Lugotorix abaissa son épée et une clameur salua le nouveau druide suprême. Titus, lui, fendant les rangs, se précipita vers le lieu du combat. Il trouva Bituit toujours allongé par terre. Deux de ses collègues étaient en train de lui enlever sa robe. Il avait la poitrine couverte de sang. En apercevant Titus, il eut une grimace douloureuse.

— J'ai échoué ! Je suis impardonnable...

— Comment te sens-tu ?

— Je guérirai de ma blessure. Mais que d'épreuves pour la Gaule ! Et puis, tous ces malheureux...

Titus voulut se pencher vers lui, mais l'un des druides l'écarta assez vivement.

— Laisse-nous, tu nous gênes ! Il perd beaucoup de sang. Il faut le panser !

Titus se retira. Pendant ce temps, de sinistres préparatifs s'étaient mis en place. Sous la direction de Lugotorix, une dizaine d'hommes enchaînés avaient été conduits devant lui, tandis que plusieurs druides s'étaient groupés à ses côtés. Il leva son épée et frappa de toutes ses forces les prisonniers les uns après les autres. Ensuite, il alla avec ses collègues les examiner en train d'agoniser. Ils échangèrent des hochements de tête et des commentaires à voix basse. Quand, enfin, le dernier mourant eut cessé de bouger, Lugotorix prit la parole :

— L'agonie des victimes a été favorable. Les sacrifices peuvent commencer !

Le reste des prisonniers fut regroupé en trois longues files, ce qui provoqua un commentaire réjoui du nouveau druide suprême.

— Je vois que le nombre des victimes est particulièrement élevé. La Gaule connaîtra une année d'abondance et de prospérité !

À partir de ce moment, on entra dans l'horreur. Comme l'avait annoncé Bricco à Titus, les victimes destinées à Ésus furent attachées aux arbres de la forêt des Carnutes puis percées de coups de couteau, et celles offertes à Teutatès jetées dans les grandes cuves de bois qu'on était allé entre-temps remplir à une rivière proche.

Mais c'étaient les sacrifices à Taranis, le dieu du feu, qui étaient les plus spectaculaires et les plus affreux. Nul ne sait pourquoi les Gaulois avaient imaginé d'immoler les victimes dans ces monstrueux mannequins d'osier. Ils épousaient à peu près la forme humaine et s'ouvraient par le haut. Les malheureux y étaient jetés pêle-mêle avec des animaux, des porcs, pour la plupart, qui allaient brûler avec eux. Des bottes de paille et des fagots de branches sèches étaient placés entre les pieds de ces effigies barbares, prêts à être allumés au moment voulu.

Titus et Palinure n'eurent pas besoin de se concerter. Il n'était pas question qu'ils restent une seconde de plus dans cet endroit. Ils connaissaient le résultat, hélas défavorable, de l'élection du druide suprême, et il leur fallait annoncer la nouvelle au plus tôt à César. Partout, dans la plaine, retentissaient les cris des suppliciés. Les deux hommes pressèrent le pas, se mettant presque à courir.

Ils passaient devant l'un des horribles mannequins lorsque Palinure s'arrêta net et agrippa le bras de son maître.

— Regarde !

Titus poussa un cri : là, dans la jambe, cette femme enfermée entre un cochon et un prisonnier enchaîné, c'était Agrona ! Il courut vers elle. La servante de Gyptis poussa un cri de délivrance en le voyant.

— Titurius !

— Que s'est-il passé ?

— Icostagos m'a fait arrêter et jeter là.

— Mais pourquoi ?

— Sans doute parce que j'ai essayé de te parler hier. Dépêche-toi !

Titus sortit son poignard et se mit en devoir de couper la structure d'osier, mais il ne put aller loin dans cette tâche. Plusieurs Gaulois armés, qui s'étaient improvisés bourreaux, se précipitèrent sur lui en l'invectivant dans leur langue. Titus comprit qu'il devait cesser son geste sous peine d'aller rejoindre les autres victimes dans le mannequin. Agrona lui lança :

— Va voir Bituit ! Lui seul peut me sauver.

Titus se mit à courir de toutes ses forces vers l'endroit où avait eu lieu le duel, espérant que le blessé s'y trouverait encore. Par chance, il était là, allongé sur un brancard. Il se précipita vers lui.

— Bituit !

Mais celui-ci ne lui répondit pas. Le même druide qui avait écarté Titus tout à l'heure s'interposa.

— Laisse-le ! Tu vois bien qu'il ne peut pas t'entendre.

— Il est mort ?

— Il n'est pas mort. Il a perdu connaissance. Il a besoin de repos. Va-t'en !

De nouveau, des Gaulois en armes s'approchèrent. Il était inutile d'insister. Titus reprit en courant la direction du mannequin, décidé à délivrer Agrona coûte que coûte, même au péril de sa vie. Malheureusement, quand il arriva, le feu venait d'être mis à la paille et aux fagots et de hautes flammes s'élevaient. Il parvint jusqu'au grillage d'osier, mais il dut reculer, la chaleur était trop intense. Il hurla :

— Agrona, que sais-tu ?

La réponse lui parvint également dans un cri :

— Tout !

— Parle ! Parle vite, pour sauver Gyptis !

Et Agrona parla. Malheureusement, à cet instant précis, un porc, que les flammes venaient d'atteindre, se mit à crier d'une manière abominable, couvrant sa voix. Titus s'approcha tant qu'il put, malgré la chaleur insoutenable, se brûlant les cheveux et les sourcils, mais il n'y avait rien à faire, il n'entendait rien.

C'était une scène hallucinante. Il voyait, à travers les flammes, le visage tordu de douleur de la servante lui hurler cette vérité après laquelle il courait depuis des mois, mais seuls lui parvenaient les cris suraigus du cochon. Enfin, le feu recouvrit tout, les hurlements cessèrent et on n'entendit plus que le crépitement terrible du brasier.

12

Un pont sur le Rhin

Quiconque voyageait en Gaule le faisait à ses risques et périls. Pour aller du pays des Carnutes aux rives du Rhin, la route était large et praticable, mais il n'était pas exclu de faire une mauvaise rencontre : des bandits de grands chemins ou des guerriers gaulois devenus pillards. Titus et Palinure ne connurent aucun désagrément de ce genre, ils eurent simplement de la chance.

Quant à la localisation de l'armée romaine, ils ne pouvaient avoir de doutes à ce sujet. Toutes sortes de gens, des marchands pour la plupart, allaient à sa rencontre malgré les dangers. Ils les suivirent et s'aperçurent que César avait obliqué vers l'est depuis les dernières informations qu'ils avaient eues, le disant près de l'embouchure du Rhin. Quoi qu'il en soit, ils furent sur les lieux à la mi-juin[1].

Si tous deux savaient ce qu'était un camp militaire, c'était la première fois qu'ils en voyaient un. Bâtir un camp était la spécificité de l'armée romaine. Lorsqu'elle était en déplacement, elle en construisait un chaque soir et le défaisait chaque matin. Protégé par un fossé, un remblai élevé avec la terre ainsi retirée et une palissade qui le surmontait, il s'ouvrait par quatre portes solidement gardées. À l'intérieur, les tentes des officiers et des soldats étaient disposées selon un ordre rigoureux et immuable. Exécuter ce travail tous les jours était fatigant et prenait du temps, ce qui ralentissait d'autant la progression, mais c'était une garantie de sécurité sans pareille : jamais un camp militaire n'avait été pris. De plus, cette puissance de travail des soldats romains stupéfiait leurs adversaires et leur donnait un avantage moral incontestable.

Ce qui était valable pour les camps provisoires l'était bien plus encore pour les camps durables. Lorsque l'armée s'installait pour un certain temps, c'était une véritable forteresse qu'elle construisait. Le fossé était plus profond et plus large, le remblai plus haut, la palissade garnie de tours, des défenses supplémentaires étaient ajoutées, principalement des pieux acérés plantés en terre avant le fossé. Tel fut l'ouvrage que découvrirent Titus et Palinure, et ce fut passablement impressionnés qu'ils se présentèrent à l'offi-

1. Près de la ville actuelle de Cologne.

cier commandant la garnison d'une des portes. Titus s'exprima cependant d'une voix ferme :

— Je suis Titurius, marchand de vin. César m'attend.

L'officier ne marqua pas de surprise particulière.

— Je vais me renseigner. Ne bouge pas.

Il revint peu après.

— César t'attend effectivement. Je vais te conduire.

Le praetorium, la tente du général en chef, qui s'élevait au milieu du camp, surprenait par ses dimensions, ainsi que par son luxe : il était fait d'une toile blanche immaculée du plus bel aspect. Tandis que Palinure restait à l'extérieur, Titus en franchit la porte. L'intérieur l'impressionna plus encore. Il ne s'attendait pas à découvrir un pareil faste dans un campement militaire. Il y avait un lit de repos, des fauteuils, une table basse, tous de la meilleure facture, et surtout un sol en mosaïque magnifique. On n'en rencontrait de tels que dans les plus luxueuses villas de Rome ou de Pompéi... César, qui était en train de dicter une lettre à un secrétaire, congédia ce dernier et vint lui serrer les mains avec chaleur.

— Titus Flaminius, quelle joie de te voir ! Prends place.

Titus s'assit sur un des fauteuils, toujours aussi impressionné par l'environnement. Son illustre interlocuteur s'en rendit compte.

— Tu es surpris de ce luxe ? Sache que ce n'est pas de la vanité de ma part. Un tel décor n'est pas facile à transporter, mais il impressionne mes visiteurs gaulois. Il m'a permis de conclure des alliances ou des trêves. Ce sol de mosaïque a peut-être sauvé la vie à des centaines de mes soldats... Mais je t'écoute. Quelles sont les nouvelles ?

— Elles ne sont pas bonnes, César.

Titus s'apprêtait à faire son rapport mais il s'arrêta quand il vit son interlocuteur s'emparer d'un rouleau de parchemin et se mettre à lire. Au bout d'un moment, César releva la tête.

— Que t'arrive-t-il ?

— Eh bien, je te vois occupé...

— J'ai l'habitude d'avoir plusieurs activités en même temps. Sache que, tandis que je lis ce courrier de Rome, tu as toute mon attention. Je t'écoute.

— Lugotorix a été élu druide suprême à la réunion des Carnutes.

Le nez dans son manuscrit, Jules César demanda :

— Ne fait-il pas partie de nos adversaires ?

— C'est même l'un des plus acharnés. D'après Bituit, il va tenter de provoquer un soulèvement général de la Gaule.

— Rien que cela ! Et à Bibracte ?

— Ce n'est guère mieux. L'élection de Dumnorix n'est pas fortuite. La majorité de la population nous est hostile.

— Tu penses qu'à terme, une partie des Éduens va changer de camp ?

— Je le pense, César.

Le général en chef ne fit pas de commentaire. Il

semblait profondément absorbé par sa lecture. Titus poursuivit.

— Ce n'est pas tout. Un meurtre a été commis pendant mon séjour, un notable qui faisait partie de nos partisans.

— Est-ce une affaire politique ?

— Je ne pense pas. Mais j'ai été chargé de l'enquête par le conseil de famille, et il me semble important de la mener à bien afin de conserver d'aussi bonnes relations que possible avec la population.

— Certainement. Puis-je t'aider en quelque chose ?

— Oui. Je dois interroger deux civils qui suivent l'armée : un Grec et un Égyptien, ainsi que deux de tes officiers, Marcus Geminus et Caius Celsus.

César se redressa brusquement et posa son rouleau sur la table basse.

— Je vais donner l'ordre à Marcus Geminus de venir te trouver, mais il te sera impossible de voir Caius Celsus, et ce pour une raison que je ne peux te révéler.

César se leva. Titus en fit autant.

— Je vais te surprendre, Flaminius, mais ce que tu viens de me dire m'encourage. Pour l'instant, la situation est calme et, selon toi, cela ne va pas durer. C'est donc le moment idéal pour entreprendre mes grands projets. Le premier est d'envahir la Germanie. Pour cela, je fais construire un pont sur le Rhin.

— Un pont ?

— Il est commencé depuis cinq jours, il sera achevé dans cinq. Veux-tu le voir ?

— Avec joie !

Peu après, en compagnie de Palinure, Titus découvrit un spectacle impressionnant. Le pont, fait de bois, arrivait à la moitié du fleuve, le plus large et le plus puissant qu'il ait jamais vu. L'ouvrage semblait presque aussi solide que s'il était en pierre. Son tablier était assez vaste pour que deux grosses charrettes s'y croisent sans difficulté. Une sorte de digue était construite un peu plus loin. D'énormes madriers et des poutres plus petites étaient amenés sur place au moyen de machines diverses. Une nuée de soldats s'employait à la tâche sous le commandement des officiers et des sous-officiers, qui hurlaient leurs ordres.

Jules César alla s'entretenir quelque temps avec l'ingénieur qui dirigeait les travaux, puis revint vers Titus.

— Qu'en dis-tu, Flaminius ? À cet endroit, la largeur du Rhin est de quatre cents pas et sa profondeur moyenne de trois. De plus, le courant est très fort, ce qui nous a obligés à construire ce barrage en amont, pour empêcher que les Germains endommagent le pont en envoyant des troncs d'arbres.

Titus était transporté d'admiration. Il se permit quand même une remarque :

— C'est extraordinaire, César ! Mais n'était-il pas plus facile de traverser en bateau ?

— Je répondrai à ta question plus tard. En attendant, te joindras-tu à l'expédition ? Je te nomme préfet. Tu n'auras pas de troupes particulières sous tes ordres, tu feras partie de mon état-major.

C'était une grande distinction ! Le grade de préfet, officier aux attributions assez mal définies, était le plus souvent conféré à des jeunes gens de bonne famille que le général voulait honorer. Pourtant, Titus ne pouvait oublier son enquête et le sort de Gyptis. Il pensait en particulier aux révélations que Bricco lui avait promises le jour de son exécution, qui devait avoir lieu à la pleine lune suivant le solstice. Il ne pouvait faire autrement que de décliner l'offre.

— Malheureusement, César, le temps m'est compté...

Mais ce dernier écarta l'objection.

— Les opérations en Germanie ne dureront pas longtemps. Il s'agit d'une action symbolique destinée à frapper les esprits. Tu seras de retour à Bibracte dans moins d'un mois. Alors, ta réponse ?

— Dans ce cas, j'accepte avec gratitude.

Le camp des civils se situait à quelques centaines de pas du camp militaire. En y arrivant, Titus et Palinure éprouvèrent une surprise plus grande encore que lorsqu'ils avaient découvert le précédent. Il y avait là une véritable ville, dont les habitants étaient peut-être aussi nombreux que les soldats eux-mêmes.

Le site, protégé par un amoncellement de branchages qui, en cas d'attaque ennemie, n'aurait offert aucune protection, donnait une impression d'incroyable désordre. On y voyait, entassées, des tentes de toutes couleurs, de toutes dimensions et de toutes matières, traçant entre elles des ruelles, des placettes et des culs-de-sac.

Il y avait de tout dans ce monde civil accroché aux flancs de l'armée : des hommes, des femmes et même des enfants ; des marchands, bien sûr, qui étaient là pour fournir aux officiers et aux soldats toutes les denrées dont ils pourraient avoir besoin, mais aussi des banquiers, qui leur prêtaient de l'argent ou qui rachetaient leur butin, et des prostituées. On remarquait également un nombre incroyable de mages, ce qui se comprenait aisément : lorsqu'on est à la guerre, la proximité de la mort et l'éloignement des siens favorisent toutes les angoisses.

Mais ce qui étonna le plus Titus et Palinure, ce fut la présence des familles de soldats. Il ne s'agissait pas de familles au sens strict et légal du terme, car, durant leur passage à l'armée, il était interdit aux hommes de se marier, mais de leurs concubines, parfois accompagnées de leurs enfants.

Le maître et son affranchi se firent part mutuellement de leur étonnement. Comment tous ces gens étaient-ils arrivés là ? Pour l'instant, la situation était calme, mais le reste du temps, ils devaient faire tout ce que faisait l'armée : se déplacer au même rythme qu'elle par tous les temps et, lorsque l'ennemi était en vue, se cacher le mieux possible, en espérant ne pas être découverts. C'était déconcertant, mais c'était ainsi : l'appât du gain pour les uns, les sentiments pour les autres, l'emportaient sur la fatigue, l'inconfort, les dangers et la crainte de la mort...

Trouver Mélétos dans tout ce fouillis ne fut pas une mince affaire, mais Titus et Palinure finirent par découvrir le marchand grec. De plus, en se renseignant auprès des uns et des autres, ils recueillirent une information qui pouvait être intéressante : Mélétos avait été autrefois trompé sur la marchandise par un Gaulois, il avait juré d'obtenir réparation, mais, jusque-là, il ne l'avait pas trouvé. En les voyant arriver, il eut une exclamation de surprise :

— Titurius ! Tu es venu vendre ton vin à César ?

— Non, je poursuis mon enquête.

— Ah... et que dit-elle, ton enquête ?

— Que le meurtrier est sans doute un étranger.

— Et tu es venu jusqu'ici pour m'interroger ?

— Toi, entre autres. Peux-tu me parler de cette histoire de tromperie sur la marchandise ?

— Si tu veux, mais cela n'a aucun rapport avec ton affaire. Il ne s'agissait pas de Viridomar, c'était la première fois que je le voyais. Les étoffes que je lui ai achetées étaient, d'ailleurs, d'excellente qualité.

— Où cela s'est-il passé ?

— Près de Bibracte, mais il s'agissait d'un marchand ambulant que personne n'a revu depuis. À mon avis, c'était un escroc professionnel. Je crois que je ne le retrouverai jamais.

— Et si tu le retrouves, que feras-tu ?

Le Grec eut un sourire.

— Je ne le tuerai pas, Titurius. Ce n'est pas dans ma nature. J'essaierai de récupérer mon argent, du moins en partie. Un mauvais arrangement vaut mieux qu'une action en justice et, plus encore, qu'un meurtre.

La piste d'Éphialtès fut beaucoup plus aisée à suivre. Le mage égyptien avait une personnalité si singulière qu'il était connu dans tout le camp. Titus et Palinure entendirent aussi à son sujet toutes sortes d'anecdotes passablement inquiétantes. On disait, en particulier, qu'il était capable de jeter aux gens un sort qui les obligeait à se donner eux-mêmes la mort.

Éphialtès habitait une tente plus vaste que la plupart des autres. Elle bénéficiait en plus d'un certain espace autour d'elle, malgré l'entassement qui régnait, preuve de la crainte qu'inspirait son occupant. Lorsque Titus et Palinure y pénétrèrent, ils furent surpris par le faible éclairage, ainsi que par un parfum d'encens. Ils découvrirent ensuite une statue de grande taille en marbre noir représentant un faucon. Éphialtès, qui se tenait à côté, dans une robe, noire également, sortit de l'ombre et leur dit calmement :

— Entrez ! J'attendais votre visite.

— Comment pouvais-tu t'y attendre ?

— Mon rôle n'est-il pas de tout savoir ?

Titus n'insista pas. Il désigna la statue.

— Ce faucon t'aide dans ta magie ?

— Ce n'est pas un faucon. C'est Sokar, le dieu égyptien de la mort, dont je suis le serviteur.

— Tu es prêtre ? Je te croyais magicien.

— Je suis prêtre. Je ne fais ces tours que pour

rapporter de l'argent à mon temple. Les fidèles le désertent. Il menace de tomber en ruine.

— N'aurait-il pas plutôt été victime d'un vol ?

— Quel vol ? Il n'y a jamais eu de vol. Le peuple se détourne des divinités funèbres. Il n'y en a plus que pour Isis.

— Je suis bien obligé de te croire...

L'Égyptien sourit.

— Exactement, Titurius, tu es obligé de me croire. Si tu veux insinuer autre chose, tu dois le prouver.

C'était la vérité et il n'y avait rien à ajouter. Titus et Palinure ne purent que se retirer.

Au camp romain, ils étaient attendus. Comme ils arrivaient à la porte, le même officier qui les avait accueillis s'adressa à Titus :

— Suis-moi. J'ai reçu instruction de te conduire à tes quartiers.

Les tentes des officiers étaient groupées autour du praetorium, celles des officiers d'état-major étant les plus proches. Ce fut là que le militaire conduisit Titus. Il le salua et se retira. Si l'intérieur n'était pas aussi luxueux que chez César, il demeurait très confortable. Le sol était couvert de tapis, il y avait un coffre, une table, deux fauteuils et deux lits.

Palinure serait le valet d'armes de son maître. Tous les officiers en avaient un, même les centurions, et les soldats, un par chambrée de huit. Ils faisaient office de domestiques. Ils ne portaient pas les armes et n'avaient pas le droit de se battre mais, à la différence des autres civils, ils faisaient route dans les rangs de la troupe et logeaient dans le camp militaire.

Sur le lit de Titus était disposé son uniforme. En le découvrant, ce dernier ne put s'empêcher d'être flatté dans son amour-propre. On ne pouvait vraiment pas dire qu'il manquait d'allure ! Comme tous les officiers supérieurs, Titus bénéficiait d'une cuirasse dite « musclée », dont la forme épousait celle des pectoraux, et d'un casque à aigrette. Outre l'épée et le poignard réglementaires, une cape rouge complétait l'ensemble. Il revêtit le tout et regretta de ne pouvoir se voir, pour apprécier l'effet produit, mais Palinure lui assura qu'il était superbe. Ce fut à ce moment que Marcus Geminus entra. Il salua réglementairement celui qui était à présent son supérieur.

— Je suis à ta disposition, Titus Flaminius. César m'a dit que tu avais des questions à me poser.

— Il t'a dit aussi qui j'étais, à ce que je vois.

— Effectivement. Crois bien que je suis honoré de rencontrer le descendant d'une aussi illustre famille.

Titus lui désigna un des deux fauteuils et s'assit en face de lui.

— En vérité, j'ai peu de chose à te demander. Je m'adresse surtout à toi parce que tu m'as fait l'impression d'un homme droit et sincère. Vois-tu, j'ai des raisons de croire que l'assassin de Viridomar est un étranger et peut-être un Romain.

Marcus Geminus eut un mouvement de recul qui n'échappa à Titus.

— Rassure-toi. Non seulement je ne t'accuse pas,

mais je ne pense pas un instant que tu sois coupable. Ce n'est pas parce les Cimbres ont coupé la tête de ton aïeul à la bataille d'Orange que tu aurais été tuer le premier Gaulois venu pour te venger. Tu es un soldat, pas un boucher.

Titus vit son interlocuteur se détendre. Il poursuivit :

— À vrai dire, c'est ton subordonné Caius Celsus qui m'intéresse. Je ne te demande pas où il est, j'ai l'impression que c'est un secret militaire. Mais t'a-t-il parlé de la manière dont sa famille a été ruinée ? S'agirait-il d'un vol, de vases, en particulier ?

— Je ne sais rien, hélas. Il ne m'a jamais donné aucune précision à ce sujet.

— Avant le banquet ou après, Viridomar ou quelqu'un d'autre t'aurait-il dit quelque chose qui pourrait m'aider ?

— Malheureusement pas. Je n'ai parlé à aucun Gaulois. Tu connais mes sentiments à leur égard.

Titus se leva.

— Je te remercie, Marcus Geminus. Je serai très heureux d'aller en Germanie en ta compagnie.

Marcus Geminus fit de nouveau le salut réglementaire.

— Tout le plaisir et l'honneur seront pour moi, Titus Flaminius.

Et il se retira.

L'armée de César traversa le Rhin le jour du solstice d'été, peu après le lever du soleil. Titus avait noté que la pleine lune avait eu lieu deux jours plus tôt. Il lui en restait donc vingt-six pour être de retour à Bibracte, ce qui devait être suffisant.

Mais, dans l'immédiat, il n'y pensait pas. Il était tout entier dans l'instant qu'il était en train de vivre, assurément l'un des plus exaltants de son existence. Le pont se dressait, majestueux, au-dessus du fleuve, lorsque, au son des trompettes, précédées des aigles, enseignes des légions, les troupes romaines y firent leurs premiers pas.

L'entreprise était à la fois grandiose et périlleuse. Pour tous les soldats et pour Titus Flaminius lui-même, le Rhin, comme les autres cours d'eau, était une divinité, particulièrement redoutable dans ce cas précis. En le franchissant, ils le bafouaient et l'asservissaient. Sans César, peut-être auraient-ils tremblé de leur audace, mais leur général était là et ils l'auraient suivi jusqu'au bout du monde.

C'était précisément ce qui était en train de se passer : ils étaient au bout de monde, là où aucun de leurs pères n'était allé, ils étaient les premiers, des pionniers, des conquérants ! Lorsque la première aigle foula le sol de Germanie, une immense clameur s'éleva.

Titus cria avec les autres et de toutes ses forces, de toute son âme... Il était juste à côté du général en chef, à cheval comme lui, dans son uniforme rutilant. Il voyait son visage fin et élégant de profil. César gardait tout son calme. Couronné de ses habituels lauriers, qui n'avaient jamais été plus justifiés qu'à présent, il se contentait d'arborer un léger sourire. Tout en lui respirait la sérénité.

Titus ne put s'empêcher d'être songeur. Il avait vu souvent César à Rome, avant qu'il ne parte pour la Gaule. L'homme l'avait impressionné par sa supériorité intellectuelle et son habileté tacticienne. En particulier, il n'avait pas hésité, alors qu'il appartenait à la plus prestigieuse famille romaine, qui était réputée descendre de Vénus, à s'appuyer sur les classes sociales les plus défavorisées et il s'était attiré ainsi une immense popularité. Mais Titus découvrait à présent que César était bien autre chose qu'un homme politique particulièrement doué. Le commandement des armées l'avait transfiguré, révélant toute sa stature, tout son génie. Il était entré à jamais dans l'histoire en compagnie des plus grands. Il était l'égal d'un Hannibal, d'un Alexandre, plus encore peut-être...

Après avoir passé le pont, l'armée se mit en marche. Devant allait la cavalerie, chargée de détecter d'éventuels mouvements ennemis, suivie d'hommes munis de haches et de pelles pour dégager le chemin, car on n'était plus en Gaule et on ne pouvait plus espérer des routes praticables. Le reste des troupes avançait sur trois rangs, conservant un ordre impeccable. L'instant d'exaltation était passé, la discipline avait repris ses droits. Chacun était aux aguets, prêt à faire face à une attaque surprise.

Comme à son habitude, César montait et descendait les rangs, tant pour s'assurer que tout allait bien que pour manifester sa présence aux yeux de tous.

Les bagages et les vivres occupaient le centre de la colonne, véhiculés par des milliers de bêtes de somme. Les valets d'armes cheminaient au milieu. L'arrière-garde était suivie par un détachement de cavalerie, qui la protégeait de toute initiative ennemie. Mais, en regardant dans cette direction, Titus eut la surprise de voir une troupe de civils ! Tous ceux du camp n'étaient pas là, bien sûr, mais il s'en était trouvé pour s'aventurer dans ce pays barbare et braver la réputation de sauvagerie des Germains.

Des Germains, il ne s'en montra pas un seul durant toute la journée. Non seulement on ne vit aucun soldat, mais on ne rencontra pas le moindre habitant. L'armée traversa et incendia plusieurs villages, entièrement vides... Le soir, au camp, à la conférence du général, auquel il assistait de droit, Titus apprit que, selon les informations reçues, les Germains, terrorisés par la construction du pont et l'arrivée de l'armée, s'étaient réfugiés au plus profond de leurs forêts et qu'à moins d'aller les chercher là-bas, on n'en trouverait aucun.

Les informations étaient parfaitement exactes. Les jours suivants, les Germains ne se montrèrent pas davantage. Leurs villages étaient déserts, de même que leurs fortins. Comprenant qu'il n'arriverait pas à engager ne serait-ce qu'une escarmouche, César fit demi-tour. Au bout de dix-huit jours passés en Germanie, les Romains refranchirent le Rhin et détruisirent le pont derrière eux. La première campagne militaire de Titus Flaminius était terminée. Il n'avait pas vu une seule fois l'ennemi, ni dégainé son épée.

De retour au camp, il décida d'aller sans attendre prendre congé de César. Comme la première fois, il le trouva en train de dicter un texte à un secrétaire.

— Je dois te quitter, César. Il faut que je sois à Bibracte au plus tôt.

— Je ne l'ai pas oublié. Je vais te faire donner deux chevaux rapides pour toi et ton valet d'armes. Mais avant, je veux te parler de mon autre grand projet.

Il désigna un siège à Titus, qui prit place.

— Après la Germanie, c'est la Bretagne que j'ai l'intention d'envahir.

— C'est effectivement un grand projet !

— Et il va se réaliser au plus vite. L'armée partira dès demain pour Portus Itius[1]. Si tout va bien, le débarquement aura lieu avant un mois. Bien entendu, j'aimerais que tu sois des nôtres.

Titus était ébloui par cette perspective, mais son enquête devait passer avant tout.

— Tu sais que j'ai contracté des engagements à Bibracte. Évidemment, si je m'en acquitte plus tôt que prévu, je te rejoindrai aussitôt.

— J'en serai ravi. D'autant que, cette fois, tu rencontreras Caius Celsus. Il était en mission de reconnaissance sur les côtes bretonnes et il vient de rentrer à Portus Itius.

1. Boulogne-sur-Mer.

Titus se levait et se préparait à s'en aller quand le général en chef le retint.

— Attends, Flaminius, je vais répondre à ta question !

— Quelle question ?

— Celle que tu m'as posée au bord du Rhin : pourquoi ai-je fait construire un pont au lieu de traverser en bateau ?

César s'empara du texte qu'il était en train de dicter à son secrétaire.

— J'ai entrepris le récit de cette guerre. Je voudrais que les générations futures en conservent le souvenir. Voici ce que je viens d'écrire à ce sujet. (Il porta le manuscrit à ses yeux et lut.) « César décida de franchir le Rhin. Mais les bateaux lui semblèrent un moyen trop peu sûr et il jugea que seul un pont était conforme à sa dignité et à celle du peuple romain. »

13

Entre Germanie et Bretagne

César avait été bien inspiré en fournissant des chevaux à Titus et à Palinure. Ils leur permirent non seulement d'arriver à Bibracte deux jours avant la pleine lune, mais également de déjouer une tentative d'agression. Vers le milieu du parcours, ils furent pris en chasse par une troupe d'individus puissamment armés et, sans la vélocité de leurs coursiers, ils n'auraient pu leur échapper.

Ce fut avec un sentiment étrange qu'ils franchirent la porte des remparts encadrée de fosses remplies d'animaux en décomposition. Après les moments si intenses qu'ils venaient de vivre, l'horreur des Carnutes et l'épopée de Germanie, ils retrouvaient ce qui avait été leur environnement quotidien pendant des mois et qui allait le redevenir. D'ailleurs, Titus avait repris ses habits civils : la cuirasse musclée, la cape rouge et le casque à aigrette n'étaient plus que des souvenirs...

Tous deux avaient l'intention d'aller trouver immédiatement Bituit, en espérant que son état se serait amélioré, mais les choses se passèrent différemment. Ils descendaient de cheval et s'apprêtaient à entrer chez le druide, lorsqu'ils trouvèrent Dumnorix sur le chemin. Ignorant Palinure, celui-ci s'adressa à Titus avec un sourire ironique :

— Je te salue, préfet Titus Flaminius !

Titus ne s'attendait pas à cela. Ainsi donc, Dumnorix avait des espions à l'armée, vraisemblablement parmi les auxiliaires gaulois, nombreux surtout dans la cavalerie... Un instant pris de court, il finit par répondre :

— Je suis effectivement officier dans l'armée de vos alliés.

— Mais les officiers romains ne se déguisent pas en marchands de vin, ils ne viennent pas chez nous sous un faux nom. J'ai d'abord pensé te faire expulser quand tu reviendrais...

— Je ne crois pas que César apprécierait.

— Puis j'ai décidé de n'en rien faire. Tu pourras rester à Bibracte jusqu'à la fin de ton enquête. Sache pourtant que je ne réponds plus de ta sécurité. Et ils sont nombreux, ici, ceux qui ne voient pas ta présence d'un bon œil !

Le vergobret les quitta sur ces mots inquiétants et ils pénétrèrent chez le druide. Là, une autre surprise pénible les attendait. Ils pensaient trouver Bituit faible, mais convalescent. Ils le découvrirent cloué sur son lit. Malgré la chaleur tout à fait étonnante qui régnait à Bibracte, il reposait sous un amas de couvertures. En les apercevant, il se redressa avec peine. Titus se précipita vers lui.

— Que t'est-il arrivé ? Tu m'avais dit que ta blessure était sans gravité.

— Malheureusement, l'infection s'est déclarée.

— Qui te soigne ?

— Moi-même. Dumnorix m'a proposé un médecin, mais j'ai refusé.

— Tu guériras !

— Avec l'aide des dieux...

— Nous allons te laisser. Tu as besoin de repos.

— Non, je veux savoir. Qu'est-ce qu'il s'est passé à l'armée ?

— Non seulement nous n'avons rien trouvé, mais cela a permis à Dumnorix de découvrir qui je suis.

Bituit eut une grimace.

— Je n'aime pas cela ! Prenez toutes les précautions possibles. Moi, je ne peux plus grand-chose pour vous du fait de mon état, et aussi parce que mes adversaires l'ont emporté. Icostagos se sent tout-puissant...

Titus se préparait de nouveau à s'en aller, mais le druide le retint.

— J'ai autre chose à te dire. Ton agression à l'île aux Femmes, c'est Dumnorix le responsable. L'un des gardes t'a frappé sur son ordre. Il est venu me le dire, pris par le remords. Il pensait que j'allais mourir.

— Pourquoi ne m'a-t-il pas tué ?

— Il n'a pas osé, parce que tu étais sous ma protection. Il t'a conduit dans l'île en barque.

Cette fois, Titus et Palinure se retirèrent. Ils gagnèrent leur propre chambre et firent le point de la situation. Elle n'était pas brillante. Le surlendemain, jour de la pleine lune, ils iraient trouver Bricco, à l'aube, avant qu'on se saisisse de lui pour le sacrifice et ils agiraient en fonction de ses éventuelles révélations. D'ici là, ils devraient bouger le moins possible et, en cas de nécessité absolue, ne se déplacer qu'à cheval. C'était incroyable, mais c'était ainsi : ils se sentaient bien plus en territoire hostile dans la capitale de leurs alliés qu'au cœur des forêts de Germanie !

Les propos qu'ils venaient d'échanger n'empêchèrent pas Palinure de se diriger vers la porte et de déclarer laconiquement :

— Je dois te quitter...

Titus n'essaya pas de l'en dissuader, pas plus qu'il ne proposa de l'accompagner. Il lui lança simplement :

— Prends garde à toi !

Peu après, Palinure arrêtait son cheval non loin de la maison où avait eu lieu le banquet. Il trouva Duna assise sur une pierre, en bordure d'un petit étang, le regard perdu dans la contemplation de l'eau. Elle se tourna dans sa direction et esquissa un sourire.

— Je savais que tu viendrais me voir...

Il s'assit à ses côtés. Elle reprit sa contemplation de l'étang.

— Alors, Titus Flaminius et toi, vous êtes des agents de César ?

— Je ne peux pas le nier.

— Et tout ce que tu m'as dit sur toi était faux aussi ?

— Non, je te jure que non ! Je m'appelle bien Palinure. Et le reste est vrai. Je ne t'ai pas menti. Dis-moi que tu me crois !

— Peut-être. Cela n'a plus vraiment d'importance.

Palinure essaya de convaincre la jeune fille, y mettant toute la force dont il était capable, mais elle paraissait lointaine, presque indifférente. Le silence finit par s'établir entre eux. Il reprit la parole :

— Nous n'avons rien trouvé à l'armée. L'enquête n'avance pas. Et ici, il ne s'est rien passé ? Je veux dire : pour toi ?

— Il ne peut plus rien se passer. Plus jamais...

C'était désespérant. Palinure se leva en soupirant et remonta sur son cheval.

La nuit était venue. Titus et Palinure dormaient profondément, lorsqu'ils furent réveillés par des coups violents frappés à la porte de la maison. Dehors, quelqu'un s'égosillait :

— Flaminius ! Flaminius !

Titus s'habilla rapidement et se leva, suivi de son affranchi.

— Qui est là ?

— C'est moi, Icostagos, ouvre !

Bien entendu, Titus n'en fit rien.

— Que me veux-tu ?

— C'est Bricco ! Il te réclame. Il faut que tu viennes !

— Où est-il ?

— Il est monté sur les remparts. Il menace de sauter si tu ne viens pas.

Titus et Palinure, aussi étonnés l'un que l'autre, se concertèrent rapidement. Cette histoire avait tout l'air d'un piège, surtout au beau milieu de la nuit. Mais, d'un autre côté, si Bricco se jetait réellement des remparts, c'en serait fini de leur dernière chance de faire progresser l'enquête. Au-dehors, la voix du druide assistant devint presque suppliante :

— Flaminius, je t'en prie ! Si Bricco se suicide, je ne pourrai pas faire mon sacrifice dans deux jours. Ce sera le déshonneur pour moi !

Titus était d'avis d'y aller, malgré les dangers. Il se retourna vers Palinure, qui lui fit un signe de tête affirmatif : il partageait son point de vue.

— C'est d'accord, mais Palinure vient avec moi.

— Si tu veux.

— Et nous prendrons nos chevaux.

— Comme tu voudras, mais fais vite !

Titus et Palinure sortirent leurs poignards et s'apprêtaient à ouvrir la porte, lorsque l'affranchi eut une idée.

— L'épée de Bituit !

Ils se rendirent dans sa chambre. Le druide délirait sous ses couvertures, prononçant des paroles inintelligibles. Malgré tout le vacarme, il n'avait rien entendu : son état était plus inquiétant que jamais. L'épée avec laquelle il avait perdu son combat était posée un peu plus loin. Titus s'en empara. Elle était beaucoup plus longue et lourde que l'épée romaine, mais lui-même était bien bâti. Avec cela, il pensait pouvoir tenir à distance ses adversaires et défendre chèrement sa vie. L'instant d'après, Palinure ouvrait la porte, tandis que Titus s'avançait, l'arme brandie. En face d'eux, ils découvrirent Icostagos, une torche à la main.

— Je suis seul. Vous n'avez rien à craindre.

Pour le leur prouver, il éclaira les ténèbres alentour. Titus et Palinure progressèrent avec la plus grande prudence vers le petit bâtiment attenant à la maison où logeaient leurs bêtes et sautèrent en selle avec soulagement... Quelques instants plus tard, ils suivaient le bourreau, qui avançait, son flambeau à la main. Le chemin était, en outre, éclairé par la lune. Il manquait juste une mince frange pour qu'elle soit pleine.

Titus et Palinure découvrirent Bricco peu après. Il était effectivement debout sur les remparts de Bibracte, pas très loin de la porte : l'odeur des fosses était nettement perceptible. Le petit être chétif se détachait dans la clarté lunaire. En dessous, se tenait tout un groupe d'hommes avec des torches, parmi lesquels on pouvait reconnaître le vergobret. Bricco contemplait leur rassemblement avec un sourire d'aise, éprouvant une visible jouissance à être la vedette pour la première et la dernière fois de sa vie. Lorsqu'il aperçut Titus, il poussa un véritable cri d'allégresse.

— Flaminius ! Viens ici ! J'ai des choses à te dire, beaucoup de choses...

Titus réprima une grimace. Lui aussi connaissait son vrai nom, tout Bibracte le connaissait ! Il s'approcha, sans descendre de cheval.

— Que me veux-tu ? Je t'écoute.

— T'aider dans ton enquête. Je te l'avais promis aux Carnutes... Le nom de l'assassin, cela t'intéresse ? Car je le connais, moi, l'assassin !

— Parle !

— Pas tout de suite. Avant, j'ai une autre révélation à te faire.

Bricco avait beaucoup bu. Son élocution était heurtée, son équilibre mal assuré. Il manqua, à cet instant précis, de tomber, ce qui provoqua un cri de la part d'Icostagos. Il se rétablit pourtant et poursuivit :

— Celui qui a coupé la tête à Viridomar, eh bien, c'est moi ! J'ai eu du mal à déplacer toutes ces pierres pour ouvrir son tombeau, mais j'y suis arrivé quand même et couic !

— Pourquoi as-tu fait cela ?

— Pour qu'il disparaisse de l'île des Trépassés, pour que les autres n'aillent pas profiter de sa compagnie à la fin de ton enquête. Puisque moi je ne pouvais pas, eux non plus !

Bricco partit d'un rire inextinguible. Il se tordait d'hilarité, là-haut sur son rempart, au risque, encore une fois, de tomber. Titus était quasiment certain qu'il venait de dire la vérité. Il avait toujours pensé que la décapitation du cadavre de Viridomar était un acte de fou et Bricco n'avait visiblement plus toute sa raison. Cela faisait un mystère d'éclairci, mais restait l'autre, le principal... Bricco se calma enfin et reprit la parole :

— Oui, je voulais rejoindre Viridomar dans l'île des Trépassés. Mais pour cela, il fallait que je sois brûlé à ses funérailles. Alors, le mieux était qu'il meure tout de suite. Après le banquet, j'avais décidé de le tuer !

— C'est toi l'assassin ?

— Attends ! Tu vas trop vite. Je n'ai pas fini.

Le petit être promena longuement son regard en dessous de lui. Il savait que tout le monde était suspendu à ses lèvres et il voulait prolonger le plus longtemps possible son éphémère supériorité.

— Vers le milieu de la nuit, je me suis levé. J'ai pris un poignard et je me suis rendu dans la chambre de Viridomar. Seulement, je n'ai pas pu le tuer, parce que quelqu'un l'avait fait avant moi.

Bricco feignit de perdre l'équilibre et se rétablit en riant. Titus cria :

— Qui, Bricco ? Qui ?

— Cavarinos. Il sortait de la pièce, un poignard à la main. Je suis entré à mon tour. Viridomar baignait dans une mare de sang. Voilà, Flaminius : maintenant, tu sais tout ! Ne me demande pas pourquoi il a fait cela, je n'en ai pas la moindre idée et, d'ailleurs, je m'en moque, car pour moi, c'est fini ! (Il se tourna vers Icostagos.) Tu devais me sacrifier à Teutatès, mais cela ne me dit rien. Je n'ai pas envie d'être noyé. Je préfère sauter.

— Bricco, ne fais pas cela ! Tu n'as pas le droit. Tu avais prononcé un serment solennel.

Mais Bricco ne l'entendait plus. Il s'était retourné et il sauta dans un grand rire. La durée de ce rire, de l'autre côté de la muraille, ne laissa aucun doute sur l'issue mortelle de sa chute. Un grand silence s'installa parmi ceux qui étaient là, à la lueur des torches, puis Titus s'écria :

— Vous avez entendu, tous ? Vous êtes témoins ?

Icostagos était au comble de la rage. Il répondit d'une voix furieuse :

— Témoins de quoi ?

— C'est Cavarinos qui a tué Viridomar. Gyptis est innocente !

— Pourquoi ? Bricco était fou, tout le monde le sait. Il a dit cela pour se rendre intéressant.

— En tout cas, ce sera ma conclusion devant le conseil de famille.

Dumnorix intervint à son tour :

— Le conseil de famille ne te suivra pas. Une personne extérieure ne pouvait pas tuer Viridomar sans que Gyptis s'en rende compte et elle avait du sang sur les mains. Si tu veux affirmer que c'est Cavarinos le coupable, tu devras en apporter la preuve.

Icostagos ricana.

— Va donc le retrouver en Bretagne !

— En Bretagne, pourquoi pas ?

Titus fit faire demi-tour à son cheval et disparut sur ces mots, suivi de Palinure.

Ce fut un conseil de guerre fiévreux qu'ils tinrent tous deux, une fois rentrés chez Bituit. Sur la profanation de la sépulture, ils étaient d'accord : Bricco avait dit la vérité. Cela n'avait, d'ailleurs, qu'une importance secondaire, puisqu'il s'agissait d'un fait sans rapport avec le crime. Mais pour l'accusation contre Cavarinos, on ne pouvait écarter aussi facilement l'objection d'Icostagos et de Dumnorix. Bricco avait pu inventer la chose de toutes pièces afin de se donner de l'importance. Pour résoudre l'enquête et sauver Gyptis, il fallait effectivement apporter des preuves et le meilleur moyen était de se rendre en Bretagne avec César. Cela permettrait, d'ailleurs, d'interroger Caius Celsus, qui se trouvait à Portus Itius et qui figurait en bonne place sur la liste des suspects.

Titus et Palinure décidèrent de prendre le chemin de la Bretagne sans attendre. L'atmosphère était de plus en plus tendue autour d'eux et l'épisode de la nuit n'avait rien arrangé. S'il n'avait tenu qu'à eux, ils seraient partis immédiatement, profitant de la lune pour chevaucher, mais les portes de la ville resteraient fermées jusqu'au matin. Le mieux était qu'ils prennent un court sommeil, qui ne serait pas inutile avant ce long voyage.

Lorsqu'ils se levèrent, c'était le début de la matinée et ils se sentaient pleins d'énergie. Ils voulurent prendre congé de Bituit, mais ils découvrirent avec consternation que son état avait encore empiré. Inconscient, il était bouillant de fièvre et geignait faiblement. Comme il se soignait lui-même et n'était plus en mesure de le faire, on ne voyait pas comment il aurait pu être sauvé. Ce fut le cœur serré qu'ils le quittèrent, en emportant quelques provisions et son épée, dont il n'aurait plus jamais l'usage.

Dehors, un coup de tonnerre les attendait ! Un filet de sang s'échappait du petit logement attenant à la maison où ils avaient laissé leurs chevaux. Ils se précipitèrent et un spectacle d'horreur s'offrit à leurs yeux : les deux bêtes avaient été sauvagement égorgées. Titus parcourut les environs, l'épée à la main, mais il n'y avait personne. Ceux qui avaient fait cela avaient disparu. Peut-être les avaient-ils suivis lorsqu'ils étaient rentrés des remparts et avaient-ils agi tout de suite après. La situation était effrayante. Ils étaient pris au piège, au milieu d'ennemis impitoyables. Pour la première fois depuis le début de son arrivée en Gaule, Titus se sentit gagné par le découragement. Il conclut amèrement :

— J'ai bien peur que nous ne soyons perdus.

Palinure réagit, au contraire, avec énergie :

— Non, pas encore ! Suis-moi !

Ils refirent en courant le chemin qu'il avait fait seul la veille et se retrouvèrent dans le petit village qui abritait la maisonnée de Viridomar. Ils n'eurent pas besoin de demander où était Duna, ils tombèrent nez à nez avec elle.

— Duna, on vient de tuer nos chevaux et nous devons partir. Peux-tu nous aider ?

— Bien sûr, des chevaux, il n'y a que cela ici. C'était la passion de mon père. Il disait qu'il avait les plus beaux de toute la Gaule. Je vais demander qu'on vous donne les meilleurs.

Elle appela un domestique. Titus et Palinure la mirent au courant des événements de la nuit et des décisions qu'ils avaient prises. Elle manifesta l'inquiétude la plus vive :

— Vous n'allez pas aller en Bretagne ? C'est très dangereux ! Même les Gaulois hésitent à le faire, et vous êtes étrangers...

Titus et Palinure ne savaient pas si le projet de César devait encore être tenu secret, ils ne lui dirent donc rien et elle s'imagina qu'ils allaient traverser la mer et s'aventurer seuls là-bas. Ils se rassurèrent en pensant que les nouvelles de l'armée arrivaient rapidement à Bibracte, que bientôt elle apprendrait la vérité et que ses craintes disparaîtraient. Duna demanda alors des nouvelles de Bituit. Ils lui répondirent qu'ils n'avaient plus guère d'espoir à son sujet. Elle n'eut pas un instant d'hésitation.

— Je peux le soigner, si vous avez confiance en moi.

Titus s'en voulut de ne pas y avoir pensé dans la précipitation qui régnait depuis qu'ils étaient arrivés.

Bien sûr, c'était cela qu'il fallait faire, c'était la dernière chance de sauver leur ami ! Il répondit :

— Oui, Duna, nous avons confiance en toi.

— Alors, il va venir ici. Il sera gardé nuit et jour par mes domestiques et je ferai tout pour le sauver !

Leurs deux chevaux arrivèrent, des bêtes magnifiques, comme ils en avaient rarement vu. Ils montèrent en selle. Titus, à tout hasard, dégaina l'épée de Bituit.

— Nous ne savons pas comment te remercier.

— En revenant vivants. Attendez-moi !

Elle disparut dans une maison et ressortit peu après avec un lourd objet. C'était l'épée que Viridomar avait avec lui au banquet. Elle la tendit à Palinure.

— J'ai vu que tu n'en avais pas. Prends-la.

Palinure considéra la poignée décorée d'or et de pierreries.

— C'est beaucoup trop précieux. Je ne peux pas accepter.

— Ne t'occupe pas de son prix. C'est seulement pour que tu te défendes. Je ne veux pas que tu meures.

— Pourquoi fais-tu cela pour moi, Duna ? Pourquoi ?

La jeune fille se détourna et ne répondit pas. Titus jugea qu'il ne fallait pas tarder.

— Nous n'oublierons pas ce que tu as fait pour nous. Nous retrouverons Cavarinos et nous obtiendrons de lui une preuve qui innocentera Gyptis. Nous sauverons ta mère, nous te le promettons !

Il lança son cheval sur ces mots. Duna les regarda longtemps, jusqu'à ce qu'ils disparaissent dans un nuage de poussière. Puis elle secoua la tête et prononça d'une voix sombre :

— Vous ne trouverez rien, là-bas. Rien !

[illegible]

14

[illegible]

[illegible] ils ne furent pas inquiétés. [illegible]

14

« On ne meurt pas à marée basse »

Avec de telles montures, le voyage jusqu'à Portus Itius ne présenta pas de difficulté. Titus et Palinure purent constater encore une fois l'excellence des routes gauloises. En particulier, lorsqu'ils franchirent la Seine à Lutèce, à peu près au milieu de leur parcours, ils s'étonnèrent de voir à quel point les deux ponts qui l'enjambaient – car la ville était sur une île au milieu du fleuve – étaient larges et bien construits. Pour leurs haltes, par prudence, ils préférèrent s'arrêter en pleine campagne. Ils dormaient et veillaient à tour de rôle, à la belle étoile. Là encore, ils ne furent pas inquiétés.

L'arrivée à Portus Itius, au début du mois de sextilis[1], leur causa de nouveau une vive impression. Ce

1. Août.

petit village de pêcheurs avait été investi par l'armée romaine. Il était entouré du traditionnel fossé surmonté d'un remblai et d'une palissade flanquée de tours. L'endroit avait des allures de fourmilière. Les soldats s'affairaient principalement sur le port, construisant des digues et des quais. Plusieurs navires de guerre y étaient amarrés, les premiers éléments de la future flotte de débarquement. Bien entendu, quelques centaines de pas plus loin, les civils avaient dressé leur campement de tentes multicolores et disparates.

Cette fois, Titus se présenta au poste de garde comme le préfet Flaminius revenant de mission, ce qui lui valut d'être conduit immédiatement auprès de César. Ce dernier manifesta un plaisir sincère en le voyant :

— Sois le bienvenu, Flaminius ! Je suis heureux que tu viennes prendre part à la conquête de la Bretagne, après celle de la Germanie. Quelles sont les nouvelles à Bibracte ?

Titus le mit au courant des derniers événements. César parut particulièrement frappé par l'attitude de Dumnorix. Il ne fit aucune réflexion, mais il était évident que, pour lui, le personnage était suspect. Il apporta ensuite à Titus des précisions précieuses :

— Le débarquement se fera à la fin du mois ; le jour dépendra du temps et de la mer. Là-bas, tu pourras rencontrer Cavarinos. Il a fait partie de mes informateurs, il m'a aidé à préparer l'expédition. Il nous rejoindra et quittera la Bretagne avec nous.

Titus était ravi de ces informations. Il n'oubliait pourtant pas ses impératifs :

— Il faut que je sois de retour à Bibracte avant la dernière lune de septembre. Crois-tu que ce sera possible ?

— Certainement. Je ne compte pas rester longtemps dans l'île. Ce sera comme pour la Germanie : une action surtout spectaculaire.

— Et Caius Celsus, pourrai-je le rencontrer ?

— Cela ne pose pas de problème. Va rejoindre tes quartiers. Je vais lui dire de se présenter chez toi.

Tout recommença comme sur les bords du Rhin. Titus et Palinure retrouvèrent leur vaste tente située non loin de celle du général en chef. Titus revêtit son uniforme qui était préparé sur son lit et, peu après, l'officier romain vint les trouver. Il fit le salut militaire.

— À tes ordres, préfet !

Titus le pria de s'asseoir. Caius Celsus prit place de manière un peu raide. Il était évident que cette entrevue lui était plus que pénible. D'abord, il découvrait en celui qu'il croyait un marchand de vin un patricien qui n'avait pas subi la même mésaventure que lui ; ensuite, il allait devoir évoquer ce dont il aimait le moins parler. Titus essaya d'atténuer sa contrariété :

— Crois bien qu'il m'en coûte d'aborder une histoire douloureuse, mais c'est absolument indispensable pour mon enquête. Comment ta famille a-t-elle été ruinée ?

— À la suite d'un vol.

— Quand cela s'est-il passé ?

— Il y a vingt-cinq ans.

— Que vous a-t-on volé ?

— À nous, rien.

— Je ne comprends pas bien...

Caius Celsus serra les dents. Tendu à l'extrême, il répondait parce qu'il était en présence d'un supérieur et que, de surcroît, il en avait reçu l'ordre de César, mais s'il l'avait pu, il aurait envoyé promener son vis-à-vis avec joie.

— C'était après la guerre contre Mithridate. Un détachement armé, convoyant un important butin, s'est arrêté dans la villa de mes parents, mais le lendemain matin, le butin avait disparu.

— Et ta famille a été soupçonnée ?

— Mon père a même failli être condamné à mort. On a fini par lui accorder le bénéfice du doute, mais il a dû rembourser le produit du vol et il s'est retrouvé totalement ruiné. Ne supportant pas ce déshonneur, il s'est suicidé.

— Crois bien que je suis désolé...

En disant cela, Titus ne mentait pas. Il était conscient de ce que son interrogatoire pouvait avoir d'éprouvant pour le jeune centurion, mais il devait avant tout penser à l'enquête, au sort de Gyptis. Et si quelqu'un avait un mobile, c'était bien Caius Celsus. À condition, évidemment, que Viridomar ait été le coupable et qu'il en ait eu la preuve.

— On n'a jamais retrouvé les voleurs ?

— Jamais.

— On n'a pas su si c'étaient des Romains ou des étrangers ?

— Non.

— De quoi se composait exactement ce butin ?

— Je n'en sais rien.

— Fais un effort. Est-ce qu'il y avait des vases ?

Cette fois, malgré le respect qu'il lui devait, Caius Celsus haussa le ton.

— Comment veux-tu que je le sache ? Je n'étais pas né ! Ma mère m'a parlé de cela une seule fois. Quant à mon père, je ne l'ai pas connu. Je suis né après son suicide. Je suis un fils posthume...

Titus décida d'arrêter là cet interrogatoire, qui devenait par trop éprouvant. De toute manière, il est évident que son interlocuteur ne dirait rien de plus. Il fallait le croire sur parole, comme le marchand grec et le mage égyptien.

— Je te remercie, Celsus. Tu fais honneur à ton nom en servant à l'armée, malgré ce qui est arrivé.

Caius Celsus ne répliqua rien, fit le salut réglementaire et tourna les talons.

Les jours qui suivirent furent étranges pour Titus Flaminius. Il resta à Portus Itius, mais, n'ayant pas de soldats sous ses ordres ni de tâche précise à exécuter, il se trouvait désœuvré au milieu de tous ces hommes qui s'affairaient comme dans une ruche. Sa seule activité était d'assister chaque matin à la conférence d'état-major présidée par César. Il n'y apprenait, d'ailleurs, rien de particulier : tout se passait conformément aux prévisions, ce qu'il pouvait constater par lui-même, en voyant les bateaux chaque jour plus nombreux.

Une chose le surprenait par-dessus tout : la marée. Il connaissait son existence. Il l'avait apprise, avec d'autres notions de géographie, lorsqu'il était enfant. Mais il n'imaginait pas un phénomène d'une telle ampleur. Il ne se lassait pas de parcourir, en compagnie de Palinure, ces immenses étendues de sable ridé. Il s'amusait même à ramasser quelques-uns des nombreux coquillages qu'on y trouvait.

Il aimait aussi s'entretenir avec les habitants du lieu, du moins ceux qui avaient appris quelques rudiments de latin ou de grec. Le peuple qui occupait Portus Itius s'appelait les Morins. Ils étaient d'un abord aimable et semblaient bien disposés envers les Romains, mais il faut reconnaître que la présence d'une telle force armée ne leur laissait guère le choix.

Titus s'enquit de leur manière de vivre, de leurs habitudes, et il les trouva beaucoup moins éloignés de lui que les habitants de Bibracte. Dans le fond, ils n'étaient guère différents des pêcheurs italiens, peut-être parce que, quel que soit le climat, marée ou pas, rudesse des mœurs ou pas, tous les peuples de la mer se ressemblent.

Parmi tout ce qu'il apprit d'eux, une de leurs croyances le frappa et même l'impressionna. Les Morins avaient coutume de dire : « On ne meurt pas à marée basse. » Mourir alors que la mer s'était retirée était pour eux la pire des choses. Ceux qui sentaient leur dernière heure arrivée demandaient sans cesse où en était la marée. Car si elle était haute, la barque qui allait les conduire dans l'île des Trépassés les attendait, toute proche, tandis que si elle était basse, l'esquif était si loin qu'ils ne l'atteindraient jamais.

L'armée romaine prit la mer à l'aube du sixième jour avant les calendes de septembre[1]. Elle était forte de quatre-vingts navires, qui convoyaient deux légions, une partie de leurs bagages et du ravitaillement. Les valets d'armes étaient du nombre et Palinure accompagnait son maître. Tous deux avaient pris place sur le navire commandant l'escadre, aux côtés de César. Dix-huit navires marchands emportant le reste des bagages et des vivres auraient dû partir d'un port provisoire construit à huit milles de là, mais des vents contraires les en empêchèrent.

Le bateau du général allait seul, en avant des autres. César voulait choisir personnellement l'endroit du débarquement. Pour Titus et Palinure, l'exaltation était plus grande encore que lors du franchissement du Rhin, peut-être parce que le but de la conquête était bien plus tangible. La Germanie n'était pas différente de la Gaule, tandis que la Bretagne, c'était cette barre grise à l'horizon, qui se rapprochait dans le petit matin.

La traversée s'effectua sans difficulté, la mer était

1. 25 août.

calme, une brise soutenue gonflait les voiles. La matinée commençait à peine, lorsqu'on arriva en face des côtes bretonnes. Titus et Palinure, accoudés au bastingage, ne perdaient rien du spectacle. L'instant glorieux où le premier soldat romain allait fouler cette île inviolée était tout proche !

Ils n'étaient pourtant pas arrivés, car les Bretons n'avaient pas été pris au dépourvu. Ils étaient là, tout le long des côtes, qui, à cet endroit, étaient faites de falaises. On voyait la silhouette des guerriers se détacher au sommet, face au soleil levant.

Il n'était évidemment pas possible d'aborder dans ces conditions. César fit longer le rivage à la recherche d'un endroit dégagé et plat, qui se présenta environ huit milles plus loin. Il jeta l'ancre et les autres bateaux de la flotte vinrent rejoindre le sien. De leur côté, les Bretons avaient vu la manœuvre et arrivaient d'autant plus vite qu'ils avaient la particularité de combattre sur des chars. Bientôt, la flotte romaine s'approcha aussi près que les fonds le permettaient : le débarquement allait avoir lieu.

En cet instant, Titus regretta d'être dans le navire du commandant en chef. Il savait qu'il irait à terre en même temps que César, une fois que les combats auraient cessé. Il aurait voulu, au contraire, être l'un des premiers à fouler cette terre. Mais c'était ainsi : on ne choisit pas son poste à la bataille. Il rongea donc son frein et regarda les autres prendre des risques à sa place.

Et des risques, ils en prenaient ! Bien qu'ils se soient approchés au plus près du rivage, les bateaux ne pouvaient permettre aux soldats de sauter là où ils avaient pied. Ils étaient donc obligés de nager avec leurs armes et leur cuirasse, tandis que les Bretons, qui étaient arrivés sur la plage, les accablaient de javelots et les attendaient en rangs serrés.

La situation était critique, mais Jules César fit preuve, une fois encore, de tout son génie militaire. Il donna l'ordre aux deux navires qui transportaient les machines de guerre de se placer devant les autres, au risque de s'échouer, et de tirer de toutes leurs pièces. La manœuvre fut exécutée et, bientôt, balistes, catapultes, scorpions et onagres entrèrent en action. Surpris et effrayés par ces armes qu'ils ne connaissaient pas, les insulaires refluèrent en désordre.

Les légionnaires en profitèrent pour prendre pied sur la plage où ils se mirent en ordre de bataille. Leur nombre grossit rapidement et, lorsque les Bretons, revenus de leur frayeur, voulurent contre-attaquer, ils trouvèrent en face d'eux une ligne infranchissable. Ils s'enfuirent, cette fois, définitivement. Les Romains avaient débarqué en Bretagne !

Le succès était complet, on en eut la confirmation peu après. Les soldats étaient en train de bâtir le camp, un peu à l'écart du rivage, et de tirer les navires le plus loin possible sur la plage pour les mettre à l'abri des flots, lorsque les chefs bretons vinrent trouver César, afin de demander la paix. Celui-ci, bien entendu, la leur accorda.

Les jours qui suivirent furent calmes. L'armée romaine ne cessait de consolider son camp, même si, normalement, aucun assaut n'était à craindre. César n'avait pas dit combien de temps il comptait demeurer dans l'île. Sans doute suffisamment pour que son opération n'apparaisse pas comme un coup de main, une razzia, mais comme une véritable action militaire, qu'il aurait pu prolonger s'il l'avait voulu. Il était resté dix-huit jours en Germanie, on pouvait penser qu'il ferait de même en Bretagne.

En fait, le seul problème était le ravitaillement. Les bateaux qui n'avaient pu suivre les autres restaient cloués sur le continent, le vent ayant, depuis, totalement cessé. Les vivres manquaient et il n'y en aurait certainement pas assez pour nourrir les troupes une semaine de plus. César envoya des émissaires aux Bretons pour leur demander de lui en fournir et, en l'absence de réponse de leur part, passa à l'action. Ayant appris l'existence d'un champ de blé non moissonné aux environs, il décida d'y envoyer un millier d'hommes pour en faire la récolte. Titus Flaminius demanda et obtint d'être du nombre.

Le hasard plaça le centurion Caius Celsus sous ses ordres. Le jeune homme ne manifesta aucune réaction particulière et Titus, de son côté, s'en tint à la stricte application des consignes. Elles étaient précises : même si, théoriquement, les hostilités étaient suspendues, une attaque surprise restait possible et il fallait faire preuve de la plus grande prudence.

Le détachement arriva sans encombre jusqu'au

champ. Là, une partie des soldats commença la moisson, sortant la faucille et le sac qu'ils avaient apportés, tandis que les autres restaient autour d'eux pour monter la garde, encadrés par les officiers.

Les Bretons étaient les seuls Gaulois à combattre sur des chars et les Romains n'avaient pas l'habitude de cette technique particulière. Le char breton, tiré par un seul cheval, comprenait deux places. À l'avant se tenait le conducteur et, derrière, un soldat armé d'une épée et d'une lance. C'était ce dernier seul qui combattait. Arrivé sur l'objectif, le conducteur s'arrêtait, le soldat descendait, frappait deux ou trois adversaires et remontait sur le char, qui prenait la fuite. Cette tactique permettait des opérations meurtrières très démoralisantes pour l'adversaire.

Titus eut le mérite d'entendre un crissement d'essieu dans son dos et de se retourner immédiatement. Il se trouva nez à nez avec un guerrier torse nu aux longues moustaches tombantes. Celui-ci, le voyant prêt à combattre, n'insista pas. Il aperçut Caius Celsus qui lui tournait le dos et se précipita dans sa direction. Titus hurla :

— Attention, Celsus !

Le centurion se retourna, mais trop tard. Il s'abattit, frappé d'un terrible coup à la poitrine. Titus s'élança sur l'agresseur, qui avait déjà regagné son char et disparu. Tout autour d'eux, des actions du même genre se multipliaient. Les soldats préposés à la garde tentaient de faire face et ceux qui moissonnaient avaient abandonné leur faucille et dégainé leur épée, mais la situation était grave : ce n'était pas une simple escarmouche, c'était une attaque en règle, menée avec des moyens de grande ampleur.

Caius Celsus gisait à terre. Titus s'agenouilla près de lui. Son état semblait désespéré, mais il était conscient.

— Celsus, tu m'entends ?

Le blessé hocha la tête.

— Il faut que tu parles ! Une innocente risque d'être torturée et brûlée pour ce crime. Si tu en es l'auteur, dis-le-moi.

— Ce n'est pas moi, Flaminius. Tu as ma parole de chevalier...

— Attention, préfet !

Dans le dos de Titus venait de retentir le même avertissement qu'il avait lancé quelques instants plus tôt à Caius Celsus. Comme lui, il se retourna, mais, pour lui aussi, ce fut trop tard. Il se retrouva face à un grand guerrier breton. Il parvint à éviter l'épée qui visait sa tête, mais reçut le coup sur son casque. Il resta étourdi et sa dernière sensation fut qu'on l'emportait dans un char.

Quand Titus reprit conscience, il était allongé sur une plage. Le souvenir de ce qui s'était passé lui revint peu à peu : l'attaque des Bretons sur des chars, la blessure de Caius Celsus, le coup qu'il avait reçu sur son casque. Il voulut se relever. Impossible. Il pensa un instant que c'était parce qu'il était trop faible, mais il s'aperçut qu'il était attaché à un rocher. Il tenta en vain de se dégager de ses entraves.

La journée était déjà bien avancée : il avait dû rester inconscient un moment. La situation lui rappelait étrangement celle de l'île aux Femmes, même si elle paraissait moins immédiatement critique. Encore une fois, on aurait pu le tuer, mais on ne l'avait pas fait. Pourquoi ? Il était inutile de se poser cette question, il valait mieux voir comment se sortir de là.

Ce fut alors que Titus fit une très désagréable constatation : le rocher auquel il était attaché était couvert de mousse ; le sable, sous lui, était humide et on pouvait voir des coquillages un peu partout. Ces lieux devaient être immergés à marée haute. Or la mer n'était plus très loin et il lui sembla que, justement, elle montait. Il fixa les flots quelque temps, mais bientôt il dut se rendre à l'évidence : chaque vague allait un peu plus loin que la précédente, il allait être submergé !

Telle était la raison pour laquelle son agresseur ne l'avait pas tué tout de suite : il avait préféré lui infliger l'épreuve de mourir noyé. Titus essaya encore de se détacher, mais il n'y avait rien à faire. Au bout d'un moment, il cessa ses efforts et mobilisa son courage pour affronter l'inévitable. Il devait se réconforter en se disant qu'il mourait à la guerre, sous l'uniforme romain, et sur la terre la plus lointaine qu'aient jamais conquise les siens. C'étaient à la fois la mort et la gloire qui l'attendaient sur cette plage de Bretagne...

Le bruit des vagues s'amplifiait, régulier, lancinant ; pour un peu, on l'aurait dit apaisant. Titus fut pris par une autre pensée : la croyance des Morins, selon laquelle il ne fallait pas mourir à marée basse. Cela ne lui arriverait pas, il allait mourir à marée haute. La barque qui le conduirait dans l'île des Trépassés venait le chercher, elle approchait doucement. Selon sa croyance à lui, la barque funèbre était celle de Charon, le passeur des âmes, qui leur faisait traverser le Styx, fleuve des enfers. Mais cela ne changeait rien : dans un cas comme dans l'autre, il s'agissait du voyage sans retour et il était prêt...

Ce fut alors qu'il entendit un bruit de pas. Il tourna la tête dans cette direction et vit un Breton qui accourait, un poignard à la main. Il lui sembla le reconnaître et, quelques instants plus tard, il s'aperçut qu'il ne s'était pas trompé : il s'agissait de Cavarinos ! Ce dernier le reconnut à son tour :

— Titurius ! Tu es officier romain ?

— Je t'expliquerai cela. À moins que tu ne sois venu me tuer.

— Je suis venu te délivrer. J'ai rallié César et je me préparais à rejoindre son camp. (Cavarinos se mit en devoir de trancher les cordes.) Ils ne t'ont pas tué parce qu'ils voulaient t'offrir en victime au dieu Océan, que les Romains ont outragé en le traversant.

Titus fut bientôt sur pied. Cavarinos, au lieu d'aller vers l'intérieur des terres, se mit à suivre les flots. Il lui expliqua :

— Les environs grouillent de guerriers en armes, nous serions tués tout de suite.

Peu après, ils étaient tous deux à l'intérieur d'une grotte creusée dans la falaise. Celle-ci avait l'avantage d'être invisible à partir des terres. Cavarinos poursuivit ses explications : ils allaient y attendre la nuit et ils partiraient à ce moment-là. Il connaissait parfaitement les lieux, il n'aurait aucune difficulté à trouver le chemin. Dans quelques heures, ils seraient de retour au camp.

Ils s'installèrent donc. Titus ne pouvait rêver meilleure occasion d'interroger celui qu'il était venu chercher par-delà les mers. Après l'avoir remercié chaleureusement et lui avoir raconté brièvement qui il était et ce qu'il était venu faire en Gaule, il entra dans le vif du sujet :

— Un témoin t'a vu sortir de la chambre de Viridomar un poignard à la main.

Cavarinos eut un mouvement de surprise, mais il hocha la tête affirmativement.

— C'est vrai. On t'a bien renseigné. Pourtant, je ne l'ai pas tué.

— Et pourquoi cela ?

— Parce qu'on l'avait fait avant moi. Quand je suis entré, il baignait dans son sang.

Titus en resta muet de saisissement. Ainsi donc, trois personnes avaient voulu, cette nuit-là, assassiner le maître de maison ! Car il ne mettait pas en doute l'affirmation de Cavarinos. Pourquoi lui aurait-il menti ? Il n'avait rien à craindre ; il avait son poignard et lui-même n'avait plus d'armes, il était chez lui, dans un environnement qu'il connaissait par cœur. Titus reprit la parole :

— Pourquoi voulais-tu tuer Viridomar ?

— C'est une longue histoire.

Titus lui désigna le jour, qui était loin d'être terminé.

— Nous avons tout notre temps.

— C'est vrai. D'abord, il faut que tu saches que Viridomar était breton...

Et Cavarinos raconta effectivement une longue histoire... Viridomar était le fils de notables du pays, mais il avait très tôt manifesté d'exécrables penchants, notamment un mépris absolu des dieux. Lorsqu'il avait atteint l'âge de vingt ans, il avait commis un effroyable sacrilège. Il avait voulu voler les offrandes déposées dans un temple de Lug, le principal dieu breton. Seulement il avait été surpris par un prêtre et l'avait tué. L'alerte avait été donnée dans toute la région, mais il était parvenu à s'enfuir. Il avait rejoint le continent en barque.

C'était la première fois qu'un prêtre de Lug était assassiné et il avait été décidé que le meurtre ne resterait pas impuni. Il était vraisemblable que Viridomar avait élu domicile en Gaule, mais, pendant des années, on n'avait pas eu de nouvelles de lui. C'était récemment qu'un marchand d'étain qui passait à Bibracte l'avait reconnu. Lui-même, Cavarinos, avait été désigné par les autorités pour faire justice, mais quelqu'un d'autre l'avait devancé...

Titus avait suivi ce récit avec passion. Il interrogea avidement :

— Ces offrandes, c'étaient des vases d'or ?

Mais Cavarinos secoua la tête.

— Tu ne m'as pas compris : il n'a rien volé dans le temple, l'arrivée du prêtre l'en a empêché. Il est parti de Bretagne les mains vides.

— Alors, ce n'est pas l'origine de sa fortune ?

— Non. Et, si tu veux mon avis, celui qui a été volé, c'est celui qui est passé avant moi...

Un grand silence retomba dans la grotte ou plutôt, on n'entendit plus que le bruit puissant et régulier de la mer en contrebas. Lorsque l'obscurité fut venue, les deux hommes quittèrent les lieux et, ainsi qu'il l'avait dit, malgré l'obscurité, Cavarinos trouva sans aucun mal le chemin du camp romain.

Le lendemain matin, le jour se leva sur une situation de chaos. La marée haute de la veille, celle qui avait failli noyer Titus, avait provoqué un désastre. Incroyablement plus forte que les autres, elle avait atteint les navires que les Romains croyaient avoir mis au sec et elle en avait détruit une bonne partie en les fracassant sur les rochers. Cavarinos expliqua à Titus qu'à cette époque de l'année, aux approches de l'équinoxe, il y avait une marée beaucoup plus forte que les autres. S'il avait pu voir les bateaux, il aurait conseillé de les mettre en sécurité plus haut, mais, par malchance, il venait juste d'arriver.

Du coup, la situation des Romains devint précaire,

car, enhardis par ce revers de leurs adversaires, les Bretons attaquèrent le camp. Ils furent repoussés sans mal, mais ils continuèrent leurs opérations de harcèlement, ce qui mobilisa une bonne partie des soldats, qui étaient indisponibles pour les réparations maritimes. Il avait été décidé, en effet, de démembrer les bateaux inutilisables et de réparer ceux qui n'étaient qu'endommagés avec les matériaux ainsi récupérés.

Les jours passèrent. César voyait le moment où il allait être bloqué sur l'île, sans vivres, dans ce camp exigu. Lorsque viendrait la mauvaise saison, la situation ne serait plus tenable. La glorieuse aventure de Bretagne risquait de se transformer en désastre. Quant à Titus, il vivait avec angoisse ce début septembre. Il devait être à Bibracte avant la fin du mois et le temps qui passait lui ôtait peu à peu tout espoir.

Pourtant l'énergie et la capacité de travail légendaires des soldats romains finirent par l'emporter. En une dizaine de jours, les réparations furent terminées. Sur les quatre-vingts navires, douze étaient perdus, mais les autres étaient en état de naviguer. Il n'y aurait pas beaucoup de place pour chacun, mais c'était suffisant pour faire le voyage du retour.

Le jour des ides de septembre[1], l'armée put rembarquer et elle arriva sans encombre à Portus Itius le lendemain. L'expédition de Bretagne était désormais et pour toujours une des plus belles pages de la carrière de César et de l'histoire romaine.

---

1. 15 septembre.

Quant à Titus et Palinure, ils retrouvèrent leurs chevaux avec soulagement et partirent immédiatement. Tout n'était pas perdu. D'après la durée du voyage de l'aller, ils arriveraient à Bibracte avant la date fatidique. Mais, passé le premier moment de satisfaction, ils s'interrogèrent avec angoisse. Bien sûr, ils seraient là à temps, mais pour dire quoi, pour faire quoi ? S'ils en avaient appris beaucoup au cours de leur enquête, le nom de l'assassin, ils l'ignoraient toujours !

Quant à Hans et à Jacques, ils [illegible] leur [illegible] avec [illegible] et [illegible] ment. Pour [illegible] pas [illegible] D'après [illegible] voyage [illegible] île. [illegible] ils [illegible] [illegible] ils [illegible] quoi? Ils [illegible] avant [illegible] leur [illegible] Robinson [illegible]

[illegible]

[illegible] que de pêcheurs [illegible] L'ensemble déga-
geait [illegible] une impression de [illegible] et de labeur.
Le [illegible] son [illegible] tout à fait
à la pointe de l'île, une baraque en pierres sèches
[illegible] Cela ferait un excellent abri pour passer

15

Retour aux sources

Titus et Palinure arrivèrent à Lutèce, qui marquait environ la moitié du chemin, six jours plus tard. À l'aller, ils avaient beaucoup apprécié cette ville aussi plaisante que Bibracte était sinistre. Étant beaucoup moins étendue, elle avait vraiment l'air d'une agglomération, avec des rues, des places, des fontaines. Cela n'empêchait pas les maisons de disposer d'espace : presque toutes étaient entourées d'un verger et d'un potager. Sur les deux ponts, de grosses charrettes allaient et venaient ; sur le fleuve, de nombreuses barques de pêcheurs s'affairaient. L'ensemble dégageait à la fois une impression de gaieté et de labeur.

Le maître et son affranchi découvrirent, tout à fait à la pointe de l'île, une baraque en pierres sèches abandonnée. Cela ferait un excellent abri pour passer la nuit. En attendant, comme on était encore au milieu de l'après-midi, ils s'installèrent sur la berge et, pour la première fois depuis leur départ, ils essayèrent de récapituler les éléments dont ils disposaient.

Viridomar, alors qu'il était jeune homme, avait volé des vases d'or, peut-être dans un pays étranger, vraisemblablement dans un temple, car il n'avait aucune crainte des dieux. Il était venu avec son butin à Bibracte et il l'avait fait transformer en pièces. Il était rapidement devenu l'homme le plus riche du pays. Seulement, vingt ans plus tard, il avait été identifié comme l'auteur du vol et quelqu'un l'avait assassiné. La personne avait annoncé son meurtre en déposant une sixième tête dans son coffre et participait au banquet.

À ces éléments quasi certains s'en ajoutaient d'autres, beaucoup moins clairs ; en premier lieu la mort de Comnios et celle d'Acco. Après discussion, Titus et Palinure décidèrent de considérer que ce n'étaient pas des crimes, ce qui permettait de laisser tous ceux qui n'étaient pas présents à ce moment-là sur la liste des suspects. Le barde avait fort bien pu tomber dans le tonneau par accident, vu son état d'ivresse ; quant au jeune homme, il avait pu tout aussi bien arriver le dernier au rassemblement, troublé qu'il était par les récents événements, et avoir inventé cette histoire d'agression pour se sauver.

Pour être tout à fait complet, il fallait ajouter à cet ensemble le secret de Gyptis, même s'il ne s'agissait que d'une impression de la part de Titus, et le dernier mot d'Agrona crié alors qu'elle brûlait dans le mannequin d'osier, selon lequel elle savait tout. Le problème était que ces derniers éléments ne débouchaient sur rien et, de plus, cadraient mal avec le reste.

En résumé, l'expression « traversant les flots », employée par Comnios selon les dires de Gaïla, suggérait que le vol avait eu lieu à l'étranger et la tête coupée évoquait un Gaulois. Cavarinos, qui était un Gaulois d'outre-mer, présentait le profil idéal, mais ce n'était pas lui. Alors qui ? Titus et Palinure passèrent en revue tous les participants au banquet, sans parvenir à un quelconque résultat. À la fin, l'affranchi hasarda :

— Il reste la piste de Sequana...

Titus sourit. Il savait bien que son compagnon allait y venir à un moment ou à un autre.

— Eh bien, je t'écoute.

Palinure parla donc, mais, malgré ce qu'il venait de déclarer, Titus ne l'écouta pas vraiment. Tout cela n'était pas nouveau et ne signifiait pas grand-chose ; c'étaient de pures impressions, de vagues suppositions. Mais puisqu'il était question de la Seine, il laissa vagabonder son regard sur l'eau. Il observa en particulier le manège des pêcheurs qui ramenaient le poisson dans leur barque. Il avait fini par sombrer dans une sorte de rêverie, lorsque, soudain, cette vision lui inspira une idée. Elle était si incertaine qu'il n'en dit rien à Palinure et se contenta de lui déclarer :

— Puisque tu y tiens, nous passerons par les sources de la Seine. Cela ne fera pas un long détour et il ne faut négliger aucune piste.

Un peu surpris par le revirement de son maître, l'affranchi manifesta sa satisfaction et leur conversation s'acheva sur ces mots.

Trois jours plus tard, ils étaient sur place. Palinure retrouva non sans émotion ces lieux remplis pour lui de souvenirs si forts. Il se souvint aussi du plus douloureux d'entre eux. Comme Titus mettait pied à terre, près du bassin où les pèlerins avaient coutume de jeter des objets de métal et de pierre, il lui cria :

— Fais attention ! C'est là que j'ai été mordu par une vipère.

Titus s'empara d'un bâton et l'agita devant lui avant de reprendre sa progression. Palinure fit de même et le rejoignit près du bassin. Ils étaient seuls. Titus contemplait, l'air un peu déçu, les naïves effigies au fond de l'eau, représentant la partie du corps qui avait été guérie : un bras, une jambe, une tête, une oreille. Il se retourna vers son compagnon :

— J'avais eu une idée en voyant un pêcheur à Lutèce, je m'étais trompé.

— Quelle idée ?

— J'avais pensé que l'expression « en traversant les flots » ne voulait pas dire franchir une mer ou un océan, mais ramasser quelque chose au fond de l'eau. Viridomar aurait pu voler ces vases dans un sanctuaire comme celui-ci. Mais je vois qu'il n'y a que des objets sans valeur.

— Il n'en a peut-être pas toujours été ainsi. Il faut demander au prêtre.

— Tu sais où le trouver ?

Palinure lui désigna la grotte à flanc de colline où le fleuve prenait sa source.

— C'est là. Normalement, c'est interdit d'y aller, mais il nous recevra peut-être...

Ils allèrent dans cette direction et ne tardèrent pas à rencontrer un homme assez jeune, qui leur barra le passage et les invectiva en gaulois. Titus lui ayant dit qu'ils étaient romains, il leur adressa la parole dans un latin assez correct.

— Je suis Somoros, prêtre de Sequana. Vous n'avez pas le droit d'être ici. Si vous voulez aller prier la déesse, retournez au bassin en bas.

Titus décida de tenter la chance. Il lança :

— Ce n'est pas cela. Nous voulons te poser des questions sur un vol qui a eu lieu il y a une vingtaine d'années.

L'homme lui répliqua vivement :

— Ne comptez pas sur moi pour vous en parler !

Et il tourna les talons. Titus et Palinure se regardèrent longuement, si émus qu'aucun mot ne leur venait. Ainsi donc, c'était vrai : la piste de Sequana était la bonne ! Après tant de tâtonnements, d'erreurs et d'échecs, ils touchaient enfin au but. Titus se mit en marche. Bien sûr, le prêtre refusait de parler, mais ce ne devrait pas être un problème. L'instant d'après, il entrait dans la grotte et appelait :

— Somoros !

Celui-ci surgit, furieux, mais Titus l'apaisa d'un geste.

— Je possède une petite fortune à Bibracte. Elle est déposée dans le temple de Cernunnos. J'en ferai don à ton sanctuaire si tu réponds à mes questions.

La phrase produisit son effet. Son interlocuteur se radoucit.

— Qu'appelles-tu une petite fortune ?

— Une cassette remplie de pièces d'or.

— Dans ce cas, il faudrait...

Somoros ne put poursuivre. Titus venait d'apercevoir un meuble au fond de la grotte et s'était précipité. Il s'agissait d'un coffre. Avant même que le prêtre ait pu s'interposer, il l'avait ouvert, avait plongé la main à l'intérieur et en avait retiré un objet dégoulinant d'huile... C'était elle, c'était la sixième tête ! Elle le fixait avec le rire hideux de ses lèvres manquantes. L'une des joues laissait apparaître l'os de la pommette.

— Tu n'as pas le droit !

L'homme s'était jeté sur lui, mais Titus, après avoir reposé la tête dans le coffre, le saisit d'une poigne de fer et l'immobilisa. De son côté, Palinure s'était posté devant l'entrée de la grotte, en interdisant l'accès. Somoros les regarda l'un après l'autre, subitement effrayé.

— Que me voulez-vous ?

— Je te l'ai dit : te poser des questions. Mon or ira à Sequana quoi qu'il arrive, je n'ai qu'une seule parole. Maintenant, parle-nous de ce vol. Il s'agissait de vases, n'est-ce pas ?

— Comment le sais-tu ? Ici, chacun connaît cette

histoire, mais personne n'en parle aux étrangers. C'est une telle honte !

— C'est cet homme, dont la tête est ici, qui les a volés ?

— Oui. Il s'appelait Ségovax. C'était un vaurien qui vivait aux environs de la source...

Et Somoros raconta toute l'histoire. Depuis des temps immémoriaux, les pèlerins avaient coutume de lancer dans le bassin des effigies sans valeur, mais il y avait une vingtaine d'années, un habitant d'Alésia ayant recouvré la santé après une terrible maladie y avait déposé une véritable fortune : quatre vases d'or, conservés dans sa famille, qui provenaient du pillage de Rome par Brennus. Comme l'exigeait la tradition, ils étaient restés au fond de l'eau sans que personne commette le sacrilège d'y toucher. Mais un jour, ils avaient disparu.

La population s'était mise à la recherche du voleur. Des battues avaient eu lieu dans toute la région et on avait fini par découvrir le cadavre de Ségovax, qui tenait serré contre lui un des vases d'or. Il était mort depuis quelques jours, les bêtes l'avaient en partie dévoré.

Le prêtre d'alors avait décidé contre lui une vengeance posthume. Sa tête avait été tranchée et emportée dans la grotte où elle resterait pour expier son crime. Quant au vase, il avait été jeté à un autre endroit de la source, dans un trou si profond que nul ne viendrait jamais le chercher. Titus avait suivi le récit avec passion. Une question lui vint immédiatement aux lèvres :

— Et les autres vases ?

— Ils ont cherché partout, tu penses bien, mais ils ne les ont pas trouvés. Sans doute Ségovax les avait-il dissimulés et, comme les cachettes sont innombrables dans la forêt...

— Il ne leur est pas venu à l'idée qu'il pouvait avoir un complice ?

— Je suppose que si. Mais, là non plus, personne n'a rien trouvé.

— Jusqu'au printemps dernier...

— Qu'est-ce que tu veux dire ?

Titus agrippa le prêtre par le haut de sa robe. Sa voix se fit menaçante :

— Ne te moque pas de moi ! La vie d'une innocente est en jeu et, d'une manière ou d'une autre, tu parleras !

L'homme était terrorisé.

— Je ne comprends pas ! Je te jure que je ne comprends pas !

— Alors, je vais t'expliquer. Au mois de mars dernier, tu as découvert, d'une manière que j'ignore, que Ségovax avait eu pour complice Viridomar. Tu t'es rendu à Bibracte avec la tête coupée, tu l'as déposée dans son coffre et tu l'as tué pendant la nuit ! Avoue ! Il s'agissait de ta part d'un acte de justice et tu ne seras pas inquiété. Tu sauveras, au contraire, une innocente d'une mort affreuse.

Somoros secoua la tête avec énergie.

— J'aurais été bien en peine de faire ce que tu dis : au mois de mars, ce n'était pas moi le prêtre de Sequana.

— Qu'est-ce que tu racontes ?

— La vérité. J'ai été élu pour remplacer mon prédécesseur au mois d'avril. Il a été tué le jour de la fête de Sequana.

— Tué ?

— Ici même, dans cette grotte.

— A-t-on retrouvé son assassin ?

— Non. Tout ce qu'on sait, c'est que c'était une femme.

— Une femme !

C'était Palinure qui venait de pousser cette exclamation au fond de la grotte. Le prêtre hocha la tête.

— Plusieurs témoins l'ont vue sortir, un poignard à la main. Ils se sont mis à sa poursuite, mais elle leur a échappé.

Ils étaient trois hommes à se diriger vers Bibracte. Le premier allait en charrette : c'était Somoros, le prêtre de Sequana, qui venait toucher l'argent promis ; il s'était engagé à rester jusqu'au jugement et à parler devant le conseil de famille, car son témoignage serait, bien sûr, capital. Les deux autres allaient à cheval : Titus et Palinure seraient présents pour la dernière lune de septembre et ils avaient quasiment terminé leur enquête. Mais avec quel résultat !

C'était contre Duna que pesaient les présomptions les plus lourdes. Dans l'hypothèse de sa culpabilité, les choses se seraient passées à peu près ainsi. Adorant Sequana depuis sa petite enfance, elle avait entendu un jour son père dire, dans son ivresse, qu'il avait volé l'or de la déesse. Pour elle, le monde s'était écroulé. Tout ce que possédait sa famille reposait sur ce vol, tout ce qui les entourait était souillé, maudit ! Comment aurait-elle pu le supporter ? Dès cet instant, elle avait décidé la mort du coupable.

Elle était allée aux sources de la Seine chercher la tête de Ségovax, dont elle connaissait l'existence, comme tous les proches du sanctuaire, puis elle l'avait déposée dans le coffre de Viridomar, pour qu'il sache qu'il allait expier son crime, et elle l'avait tué. Après quoi, elle avait rapporté la tête à sa place. Plus tard, elle avait tué Comnios, qui savait tout et qui était un danger pour elle. En ce qui concernait la mort de son frère, elle n'était vraisemblablement pas en cause : le jeune homme avait simulé une agression parce qu'il était réellement en retard.

Restait le meurtre du prêtre de Sequana. Il semblait difficile de lui imputer ce qui était pour elle le plus terrible des sacrilèges. Là encore, il fallait imaginer, mais on pouvait supposer que, retournant au sanctuaire à la fête annuelle de la déesse, elle avait décidé de tout lui avouer. Mais les choses ne s'étaient pas passées comme elle l'avait pensé. Le prêtre lui avait reproché d'avoir fait justice elle-même et avait menacé de la dénoncer. Alors, dans un accès de colère et de panique, elle l'avait tué lui aussi.

Cela dit, il restait beaucoup de contre-arguments

et Palinure ne se priva pas de les énoncer, tandis que Titus essayait de leur trouver une réponse. Ce n'était pas qu'il était animé d'une hostilité quelconque contre la jeune fille, mais il fallait que Palinure et lui se répartissent les rôles pour établir la vérité pendant qu'il en était encore temps...

— Pourquoi m'a-t-elle parlé de la présence de Sequana au banquet ? Si elle n'avait rien dit, nous n'y serions jamais allés et nous n'aurions rien trouvé.

— Elle a peut-être voulu jouer avec le feu. Cela arrive, parfois.

— Et pourquoi m'a-t-elle demandé de venir aux sources de la Seine ? C'était prendre un grand risque.

— Elle avait envie de ta présence. Mais elle t'a neutralisé le moment venu.

— Comment cela ?

— Elle sait tout des serpents. Imagine qu'elle ait eu un liquide qui attire les vipères. Il suffisait d'une ou deux gouttes sur toi pour que tu te fasses mordre.

— Mais elle m'a soigné, elle m'a sauvé !

— C'est qu'elle ne voulait pas ta mort, seulement te mettre à l'écart un moment.

— Elle nous a fourni des chevaux, elle m'a donné une épée, elle a proposé de soigner Bituit...

— Elle ne voulait pas ma mort non plus, ni, je pense, celle du druide. Elle n'en voulait qu'à son père.

— Et tu la crois capable d'avoir barbouillé de sang les mains de sa mère, pour qu'elle soit condamnée à sa place ?

— Si c'est elle la coupable.

— Tu oublies que, pour cela, il aurait fallu qu'elle la drogue. Et quand ? Elle n'a pas quitté sa place pendant tout le repas.

— Elle l'aura fait à un autre moment.

— Ou bien elle ne l'a pas fait du tout.

— Que veux-tu dire ?

— Que Gyptis n'était pas droguée et que c'est elle la coupable. Car tout ce qu'on a dit de Duna peut s'appliquer aussi bien à elle. Écoute...

Palinure émit alors une hypothèse qui n'était pas moins vraisemblable que la précédente. Gyptis, elle, n'avait que faire de Sequana, mais elle ne pouvait plus supporter ce mari qui la traitait de manière odieuse. Un jour, elle l'avait entendu raconter, dans son ivresse, le vol qu'il avait commis aux sources de la Seine. Elle s'y était rendue, avait appris, en interrogeant les uns et les autres, le rôle de Ségovax, s'était emparée de sa tête, l'avait déposée dans le coffre, avait feint d'être droguée et avait tué son mari.

Par la suite, elle n'avait évidemment pas pu rapporter la tête au sanctuaire, puisqu'elle était prisonnière, ni tuer Comnios, s'il s'agissait bien d'un meurtre. Il fallait donc supposer qu'elle avait un complice... pourquoi pas Agrona, qui avait dit, au moment de mourir, qu'elle savait tout ? Ce serait elle, également, qui aurait tué le prêtre à la fête de Sequana...

Une fois que Palinure se fut tu, Titus et lui reprirent leur discussion en inversant les rôles : le maître se fit l'avocat de la défense et l'affranchi celui de l'accusation.

— Pourquoi Agrona aurait-elle assassiné le prêtre ? Cela n'a aucun sens.

— Accuser Duna n'est pas très vraisemblable non plus. Et puis, il s'agit peut-être d'un acte sans rapport avec notre affaire, le geste d'une folle.

— Admettons. Il y a pourtant une objection de taille à ta version : pourquoi Gyptis avait-elle les mains pleines de sang ? Si elle n'était pas droguée, elle les aurait lavées.

— Elle aura oublié.

— Après avoir tout calculé d'une manière aussi froide ? Ça ne tient pas !

Cela se concevait difficilement, en effet... Les deux hommes poursuivirent donc leur discussion, mais ils ne tardèrent pas à s'apercevoir qu'ils tournaient en rond. Tout ce qui innocentait Duna accusait Gyptis et inversement. Après leur découverte aux sources de la Seine, le nombre des suspects s'était d'un seul coup réduit à deux : la meurtrière était la mère ou la fille, ils ne pouvaient sortir de cette alternative. Palinure s'exprima d'un ton ému, presque pathétique :

— Comment faire ? Nous n'allons tout de même pas envoyer Duna ou Gyptis au bourreau !

Titus n'était pas moins bouleversé.

— Ne dis pas « nous », Palinure. Devant le conseil de famille, ce sera à moi et à moi seul de décider !

— Alors, cherchons encore. Il y a peut-être une autre solution...

Ils cherchèrent donc de toutes leurs forces durant le trajet et, la nuit, ils dormirent à peine. Ils émirent toutes les hypothèses possibles et imaginables, mais lorsque, le lendemain, vers le milieu de la journée, ils franchirent en compagnie de Somoros les portes de Bibracte, ils en étaient toujours au même point : c'était Gyptis ou Duna.

Ils se rendirent directement chez Duna, car c'était là aussi qu'ils trouveraient Bituit : il n'était sans doute pas rétabli au point d'être revenu chez lui. En chemin, ils ne croisèrent personne de connaissance, ce dont ils se félicitèrent.

Ils rencontrèrent la jeune fille juste devant la grande bâtisse où avait eu lieu le banquet. En les apercevant, elle poussa un cri de joie et se précipita vers eux. Ils mirent pied à terre sans faire écho à son allégresse. Ce fut Titus qui s'exprima, Palinure en était incapable :

— Nous te saluons, Duna. Mais avant toute chose, nous aimerions voir Bituit. Comment va-t-il ?

Elle baissa la tête sans répondre.

— Ne me dis pas...

— J'ai fait tout ce que j'ai pu, je te le jure ! Mais c'était impossible : il était déjà mourant quand je l'ai fait chercher. Il est mort la nuit suivante, malgré mes soins.

Il y eut un grand silence. Titus s'était raidi. Il questionna :

— Qui est le nouveau druide ?

— Icostagos.

Icostagos ! Tout devenait plus dur, plus impitoyable. Ce serait lui qui déciderait vraiment au conseil de famille, car Viridovix, avec sa mollesse coutumière, s'en remettrait certainement à lui. Si Bituit avait été là, on aurait toujours pu espérer un arrangement, une issue favorable. Avec Icostagos, il n'y aurait pas d'échappatoire : ce serait la mère ou la fille, irrémédiablement ! Il leva les yeux vers Duna. Celle-ci s'étonna de l'intensité tragique de son regard.

— Que se passe-t-il ?

— J'ai peur que la vérité soit terrible...

— Vous l'avez trouvée ? Ce n'est pas possible.

— Pas en Bretagne. Aux sources de la Seine.

— Non !

Poussant un cri déchirant, Duna s'était jetée sur le cheval de Titus et avait grimpé en selle avec une agilité extraordinaire. L'instant d'après, elle disparaissait au grand galop. Titus resta interdit devant ce nouveau coup de théâtre. Qu'allait-il se passer, maintenant ? Qu'allait-il dire au tribunal ? Palinure prit la parole :

— Je crois savoir où elle est allée.

— Qu'est-ce que tu comptes faire ?

— Je ne sais pas. Il faut que je lui parle.

Le prêtre de Sequana avait assisté à toute la scène sans rien dire. Titus se tourna vers lui.

— Tu veux sans doute voir ma cassette ?

— Je l'avoue...

— Alors, suis-moi au temple de Cernunnos.

Et, tandis qu'ils se mettaient en marche, Palinure partit à son tour au galop.

L'affranchi avait le sens de l'observation et une excellente mémoire des lieux. Il se dirigea sans peine vers son but : la source de l'Yonne. Il retrouva dans la forêt le petit ruisseau, que rien ne distinguait vraiment des autres, et le suivit jusqu'au buisson épineux sous lequel il disparaissait. Là, il sut qu'il ne s'était pas trompé : le cheval était attaché à un arbre. Il fit de même avec le sien, s'empara d'un bâton et ouvrit le passage naturel qui avait été pratiqué dans la végétation.

Il s'avança jusqu'à l'effigie de Sequana, qui se dressait sous la verdure au milieu du filet d'eau. Duna était devant le poteau de bois grossièrement taillé, la tête baissée. Il se plaça à côté d'elle et attendit qu'elle parle, mais elle garda le silence. Il finit par lui demander :

— Je peux faire quelque chose pour t'aider ?

Elle se tourna vers lui, les yeux baignés de larmes.

— Non, tu ne peux rien. Mais ne t'inquiète pas, je ne me suis pas enfuie, je suis juste venue ici pour prier. Je viendrai au conseil de famille et je ferai ce qu'il faut pour sauver ma mère.

— Tu ne veux pas dire... en t'accusant, toi ?

La jeune fille eut un hochement de tête et répondit simplement :

— Si.

16

Le secret de Gyptis

Le jour fatidique était arrivé : celui de la dernière lune de septembre. Depuis le matin, une grande cage d'osier était installée sur la principale esplanade de Bibracte, là même où Titus et Palinure avaient vu Bituit couper le gui, le jour de leur arrivée. À ce symbole d'espérance et de vie, avait succédé une vision de mort : c'était dans cette cage que serait brûlée Gyptis, après avoir été torturée, à moins que Titus ne désigne une autre personne pour subir ce sort à sa place.

Gyptis elle-même était arrivée la veille au soir de l'île aux Femmes. Personne ne l'avait vue : elle était gardée par des soldats dans la maison du vergobret et ne paraîtrait qu'au procès. En attendant, la foule commençait à s'amasser sur la place : personne n'aurait voulu pour rien au monde manquer le spectacle du supplice. Les discussions allaient bon train sur l'identité du coupable, des paris étaient même engagés, avec de grosses sommes en jeu. De l'avis le plus général, ce serait Gyptis qu'on verrait dans la cage.

Titus et Palinure se tenaient à l'écart de cette effervescence, aussi tendus l'un que l'autre. Durant le court délai qui s'était écoulé depuis leur arrivée, ils n'avaient strictement rien trouvé. Duna n'avait rien voulu dire à Palinure, à part qu'elle s'accuserait du crime et, depuis, elle restait enfermée chez elle. Ce serait donc elle qui serait suppliciée, car il n'y avait aucun moyen de prouver son innocence. L'affranchi ne pouvait plus supporter la vision de cette cage et de ces gens. Il s'adressa à son maître avec vivacité :

— Partons d'ici ! Je n'en peux plus !

Titus partageait son sentiment.

— Tu as raison. Allons chez Viridomar. Nous attendrons là-bas...

C'était, en effet, dans la pièce où s'était déroulé le banquet du gui qu'allait avoir lieu le second conseil de famille. Et, cette fois, Palinure y serait, car Titus avait obtenu que tous ceux qui étaient présents au repas assistent aux débats pour apporter éventuellement leur témoignage.

Rien n'avait changé dans la grande salle, à part la disparition du coffre brûlé par Duna. Des bottes de paille avaient même été disposées autour de la table.

Pour quel festin, qui n'aurait jamais lieu ? Nul ne le savait... En tout cas, cette vision inspira à Palinure une idée :

— Mettons-nous à la place que nous occupions ce soir-là. C'est au banquet que tout a eu lieu. Peut-être qu'une inspiration nous viendra.

Titus approuva et chacun s'assit sur la botte de paille qu'il occupait alors. Palinure poursuivit :

— Pensons à Sequana, puisque nous savons maintenant que cette piste est la bonne. Essayons de trouver ce que pouvait signifier sa présence à cette table.

Encore une fois, Titus approuva et tous deux se mirent à réfléchir intensément. Palinure tantôt se prenait la tête dans les mains, tantôt, au contraire, se tournait à droite et à gauche pour capter quelque indice. Titus, quant à lui, restait immobile, le regard fixe et concentré.

Ce fut à ce moment-là que la révélation se fit. Une image parut devant ses yeux, une image banale, à laquelle il n'avait jamais prêté attention jusque-là, mais qui était la clé de tout. D'autant qu'une conversation avec Bituit lui revint en mémoire. Cette fois, tout s'éclairait, tout devenait évident ! Il prononça d'une voix étrangement calme :

— J'ai trouvé.

Palinure bondit de sa botte de paille.

— Quoi ? La présence de Sequana ?

— Non, le secret de Gyptis.

— Alors, c'est elle la coupable ?

— Si l'on veut...

— Explique-toi !

Juste à cet instant, un grand remue-ménage se produisit : le conseil de famille faisait son entrée dans la pièce, vergobret en tête. Palinure dit à la hâte :

— En tout cas, il ne faut pas que Duna s'accuse !

— Au contraire, c'est comme cela que la vérité pourra se révéler.

Icostagos, lui aussi, venait d'apparaître. Apercevant Palinure en conversation avec Titus, il se dirigea vers eux. L'affranchi eut encore le temps de demander :

— Tu n'as pas peur pour Gyptis ?

— Non. Pour la première fois, j'ai confiance.

— Mais pourquoi ?

— À cause de son secret. C'est son secret qui va la sauver...

Le nouveau druide s'adressa sans ménagement à Palinure :

— Tu n'as pas à t'entretenir avec Flaminius. C'est lui seul qui mène l'enquête, je te l'ai déjà dit ! Va te mettre avec les autres témoins.

Ceux-ci venaient de faire leur entrée à leur tour. Outre Somoros, le prêtre de Sequana, il y avait les participants au banquet présents à Bibracte et qui n'étaient pas membres du conseil de famille, ce qui ne faisait pas grand monde : Gaïla, la riche veuve, Brogos, l'Éduen ruiné par Viridomar. Duna arriva la dernière. Elle se plaça à côté de Palinure, mais n'eut pas un regard pour lui. Elle avait la tête baissée, elle était extraordinairement pâle et tendue ; elle portait ses deux longs bracelets d'or en forme de serpent.

Le tribunal prit place à son tour, sur la rangée de bottes de paille qui se trouvait devant la table. Viridovix, son président en titre, s'installa au milieu, avec, à sa droite, Icostagos le druide et, à sa gauche, Dumnorix le vergobret. Une dizaine de notables éduens les entouraient, dont Uxellos, reconnaissable à son casque doré.

Tous ces préliminaires eurent lieu dans le plus grand brouhaha, mais tout d'un coup, un grand silence tomba : l'accusée faisait son entrée...

Gyptis était vêtue de la même robe blanche que lors du premier jugement. Sa beauté était toujours aussi rayonnante. Son séjour dans l'île aux Femmes ne semblait pas l'avoir affectée. Au contraire, elle y avait gagné un hâle qui lui donnait plus d'éclat encore. Les gardes se préparaient à la conduire à sa place, à droite de Titus, qui se trouvait lui-même en face du tribunal, ayant les témoins à sa gauche, mais elle s'échappa et alla se jeter aux genoux de son beau-frère.

— Je t'en supplie, Viridovix ! Je suis innocente, ne m'envoie pas à la mort !

Le grand Gaulois blond aux yeux bleu sombre ne lui répondit pas, il détourna la tête, l'air gêné. Icostagos, au contraire, intervint vivement.

— Tais-toi ! Tu n'as pas à influencer le tribunal. Retire-toi !

Gyptis obéit. Elle s'installa non loin de Titus et lui adressa un timide sourire. Il lui répondit par un signe encourageant de la main. De son côté, Icostagos s'adressa à Viridovix :

— Si cela t'ennuie de diriger les débats, je peux le faire à ta place.

L'intéressé eut un air de vif soulagement.

— Tu me rends là un grand service ! Agis comme tu l'entends. Tu as mon accord sur tout.

Titus enregistra le fait sans surprise, il l'avait prévu. Il était étonné, en revanche, de ne pas voir d'assistant auprès d'Icostagos. La présence d'un second druide, qui n'aurait peut-être pas partagé ses opinions, aurait pu lui être d'un certain secours. Il interpella le nouveau président du tribunal :

— Ton adjoint n'est pas là ?

Icostagos eut un petit rire.

— Le bourreau, tu veux dire ? Je ne le choisirai que demain. J'ai décidé de garder ses fonctions pour moi jusqu'à ce soir. Je n'allais pas me priver de ce plaisir !

Il promena un regard circulaire sur la grande pièce.

— Je déclare ouvert le conseil de famille. Préfet Titus Flaminius, tu as la parole !

Gyptis eut un sursaut et lança à Titus un regard surpris. Ce dernier prit une profonde inspiration. Le moment tant redouté était arrivé... Il s'exprima d'une voix qu'il parvint à rendre assurée :

— Le meurtre de Viridomar est lié à la fortune qu'il avait avec lui en arrivant à Bibracte. J'ai pu rapidement établir qu'elle était d'origine frauduleuse et même criminelle. Le forgeron Ollivico m'a révélé avant de mourir qu'il s'agissait de vases d'or, que son père avait transformés en pièces de monnaie. Mais d'où provenaient ces vases ?

Titus avait maintenant retrouvé tout son calme. Le silence était total. Chacun était suspendu à ses lèvres.

— Viridomar avait soigneusement caché son passé à tout le monde, mais, comme Achille, il avait un point faible : il parlait quand il avait trop bu et il buvait souvent. Plusieurs personnes de son entourage ont donc connu son secret, à commencer par son barde Comnios, qui a tenté de le faire chanter le soir même du banquet. Gaïla, qui était à côté d'eux, l'a entendu le menacer de révéler qu'il avait fait fortune « en traversant les flots ».

» Cette formule m'a trompé. Elle m'a conduit à suspecter les étrangers présents autour de la table : le Grec, l'Égyptien, et même mes compatriotes romains. Je suis allé les interroger sans résultat à l'armée. Je suis même allé jusqu'en Bretagne pour rencontrer Cavarinos. Et c'est en revenant que la vérité m'est apparue : traverser les flots ne voulait pas dire qu'il était allé au-delà des mers, mais qu'il avait ramassé quelque chose sous l'eau. C'est ce qu'a fait Viridomar au sanctuaire de Sequana, comme va nous l'expliquer son prêtre Somoros...

Titus se tourna dans sa direction et ce dernier raconta en détail toute l'histoire. L'évocation du sacrilège abominable commis par Ségovax et Viridomar provoqua des mimiques horrifiées parmi les membres du conseil de famille. La révélation du meurtre de son prédécesseur les émut tout autant. Lorsqu'il se tut et que Titus reprit la parole, la tension était à son comble.

— Comme je l'ai dit, ce forfait horrible, plusieurs personnes de l'entourage de Viridomar en avaient eu connaissance. L'une d'elles a-t-elle quelque chose à dire ?

Palinure frissonna. L'instant crucial était arrivé. Il espéra de tout son cœur que Titus savait ce qu'il faisait. Duna, à ses côtés, prit la parole :

— Oui, j'ai quelque chose à dire : j'ai tué mon père. J'ai toujours vénéré Sequana. Quand j'ai appris ce qu'il avait fait, j'ai décidé de le tuer.

— Arrête !

C'était Gyptis qui venait de pousser cette exclamation. Elle s'adressa au tribunal.

— Elle ment pour me sauver. Ne l'écoutez pas ! Elle est innocente !

Icostagos se voyait peut-être avec plaisir torturant la jeune Duna. Il intervint vivement :

— Qu'en sais-tu ?

— Elle n'a rien pu faire, parce que c'est moi... Enfin, ce n'est pas vraiment moi, on m'a forcée.

Titus, qui faisait preuve depuis le début d'une remarquable maîtrise, vint vers elle.

— Qui t'a forcée, Gyptis ?

— Agrona, ma servante.

Et Gyptis, d'une voix émue ponctuée de soupirs et, parfois, de larmes, fit un long récit... Elle avait su très tôt la vérité. Au début de son mariage, Viridomar était encore sujet à des craintes et à des remords. Il faisait des cauchemars et il parlait dans son sommeil. Les noms de Sequana et de Ségovax revenaient souvent et elle avait pu progressivement reconstituer toute l'histoire.

Pendant plus de vingt ans, elle avait gardé pour elle ce secret. Elle n'en avait parlé qu'à une seule personne, sa servante Agrona. Celle-ci, dès le début, avait tenté de la persuader d'aller tout raconter au prêtre de Sequana ; soit il ferait justice, soit il saisirait les autorités, mais de toute manière, elle serait débarrassée d'un époux odieux. Gyptis avait résisté longtemps : Viridomar avait des torts, mais c'était son mari. Et puis, peu avant le banquet, elle avait cédé. Agrona s'était rendue au sanctuaire et avait tout révélé au prêtre, qui l'avait crue aussitôt. Il avait toujours pensé que Ségovax avait un complice. Il avait emporté sa tête et il était venu au banquet pour accomplir sa vengeance.

Titus l'interrompit. Il y avait sur ce point quelque chose qu'il n'avait pas compris.

— Comment se fait-il que Duna n'ait pas reconnu le prêtre ? Elle l'avait vu plusieurs fois au sanctuaire.

— Agrona y avait pensé et, encore une fois, c'est elle qui a eu l'idée. Elle m'a conseillé de faire teindre en rouge les cheveux et les moustaches des serveurs.

Titus resta songeur. Il avait enfin l'explication de la réflexion de Duna sur la présence de Sequana au banquet. Elle avait vu par instants – car il devait prendre soin de se montrer à elle le moins possible – une vague ressemblance entre un des serveurs et le prêtre. Quant à Viridomar, il ne s'était pas trompé en disant que son assassin était présent au banquet, seulement ce n'était pas parmi les convives qu'il fallait le chercher, mais chez les domestiques... Titus poursuivit :

— Mais à partir de là, cela ne s'est pas passé comme tu l'avais prévu...

— Non, le prêtre m'a trahie. Il avait dit à Agrona qu'il poignarderait Viridomar quand il quitterait la salle pour me rejoindre dans notre chambre. En réalité, il a versé une drogue dans mon vin, il l'a tué dans notre lit et il m'a mis du sang sur les mains.

— Pourquoi a-t-il fait cela ?

— Je ne pense pas que c'était pour rester impuni : c'était un acte de justice et il n'aurait pas été inquiété. Je crois qu'il m'a jugée coupable d'avoir profité de l'argent que Viridomar avait volé. Il a voulu que je paye moi aussi.

— Et tu as décidé de te venger à ton tour.

— Pas moi, Agrona. Elle m'a dit, pendant le voyage vers l'île, qu'elle le tuerait.

— C'est elle aussi qui a tué Comnios ?

— Je ne sais pas. Elle ne m'en a pas parlé. Mais elle en était capable. (Le ton de Gyptis devint brusquement pathétique.) Mais elle n'a pas tué Acco, je le jure. Jamais je n'aurais permis qu'on touche à mon fils. Je l'adorais. Je ne me consolerai jamais de l'avoir perdu !

— Tu as certainement raison, Gyptis. La tragédie qui est arrivée n'était pas un crime.

Gyptis se tut. Icostagos s'adressa avec irritation à Duna :

— Pourquoi as-tu menti ? Pourquoi as-tu essayé d'égarer le tribunal ?

— Pour sauver ma mère.

— Cela t'était égal d'être suppliciée à sa place ?

— Oui, cela m'était égal. J'ai appris la vérité à la fête de Sequana. Lorsque j'ai vu le prêtre, j'ai tout compris : c'était lui qui servait au banquet. Je le lui ai dit et il m'a tout raconté. Pour moi, la vie s'est arrêtée à ce moment-là. Après ce qu'avait fait mon père, plus rien n'avait d'importance, même de mourir.

Duna changea de ton. Elle devint incisive.

— Mais ma mère ne va pas être suppliciée, Icostagos ! Tu l'as entendue comme moi, elle n'a tué personne, c'est Agrona qui a tout fait. Elle est innocente.

Le druide ricana.

— Elle charge sa complice, qui n'est plus là pour se défendre : c'est classique ! Bien sûr que si, elle sera condamnée ! C'est un véritable meurtre qu'elle a commis. L'histoire de Sequana n'est qu'un prétexte. Ce qu'elle a voulu, c'est se débarrasser de son mari. Si ça se trouve, elle a un amant.

Titus intervint alors :

— Tu ne crois pas si bien dire, Icostagos ! Gyptis nous cache quelque chose.

Gyptis sursauta violemment et Palinure ouvrit de grands yeux en se demandant si son maître n'était pas devenu fou. Icostagos, lui aussi, avait l'air passablement surpris de la sortie du jeune Romain.

— Que nous cache-t-elle, Flaminius ?

— Son secret. Tu ne veux pas nous avouer ton secret, Gyptis ?... Eh bien, je vais le faire. Tu savais la vérité sur Viridomar depuis le début de ton mariage, mais pendant des années, tu n'as rien fait. Et si tu as décidé d'agir à ce moment-là, ce n'est pas par hasard. C'est parce que tu avais une raison.

Gyptis tressaillit et se cacha le visage dans les mains. Titus poursuivit.

— Au banquet, je t'ai dit que tu avais un secret. Tu semblais souffrir et ton regard se perdait dans le vide. Tout à l'heure, en me plaçant au même endroit, je me suis aperçu que ce n'était pas le vide que tu regardais, mais la personne qui était en face de toi, et cette personne était Viridovix. Tu aimais Viridovix, sans doute depuis toujours. Or, comme ta sœur venait de mourir, il était libre... Mais ce n'est pas tout. Je me suis souvenu d'une conversation avec Bituit. Vous avez en Gaule une loi selon laquelle si un beau-frère et une belle-sœur sont veufs, ils doivent obligatoirement s'épouser. Alors, tu es passée à l'action.

À ses côtés, Gyptis éclata en sanglots. En face de lui, Icostagos manifesta sa satisfaction :

— Voilà qui est parlé, Flaminius ! Grâce à toi, nous sommes renseignés sur l'inconduite de l'accusée. Elle mourra dans les flammes, après avoir subi les pires supplices ! (Sur ces mots, il conclut.) Le conseil de famille est terminé.

Mais près de lui, une voix se fit entendre :

— Attends un peu !

Viridovix s'était levé de sa botte de paille. Icostagos le considéra avec étonnement :

— Qu'est-ce que tu veux ? Tu m'as dit que j'avais ton accord sur tout.

— C'est vrai, je te l'ai dit, mais rien ne presse.

Il s'approcha de Gyptis, qui pleurait en silence.

— Ainsi donc, tu es amoureuse de moi depuis toujours ?

Gyptis le regarda à travers ses larmes et murmura un petit « oui ».

— Et qu'est-ce qui te plaît en moi ?

— Tu es beau, tu es noble, tu es fort, mais tu n'es pas brutal.

Malgré lui, Viridovix bomba le torse.

— Toi, de ton côté, je dois reconnaître que tu es une belle femme. Et riche, aussi, car je suppose que tout ce qui était à Viridomar t'appartient.

Icostagos intervint avec hargne :

— Ce serait à elle si elle n'était pas condamnée, mais elle vient de l'être.

— Elle ne l'est pas. Je suis président du conseil de famille. Je devrais même en être le seul membre : je suis le seul à faire partie de la famille.

Dumnorix se fit entendre pour la première fois.

— Dans ce cas, il faut voter et je m'associe à Icostagos : Gyptis est coupable.

— Très bien : votons ! J'épouse ma belle-sœur, conformément à la loi gauloise, et à tous ceux qui se prononceront pour elle, je promets table ouverte durant leur vie entière. Pour commencer, ce soir, j'offre un festin avec tout ce qu'on pourra trouver dans les entrepôts et les caves de Viridomar !

Une clameur lui fit écho. Il n'était pas nécessaire de voter. Le conseil de famille s'était prononcé à l'unanimité moins deux voix. Icostagos et Dumnorix quittèrent la pièce avec un cri de rage et Gyptis s'évanouit.

Tout semblait recommencer comme six mois auparavant. Dans la grande salle, les convives se préparaient à banqueter. Viridovix avait insisté pour que des tables soient également dressées dehors et que tous les habitants de Bibracte puissent manger et boire à volonté. Ceux-ci, après avoir exprimé leur dépit d'être privés du supplice, manifestaient bruyamment leur contentement.

Mais c'était à l'intérieur que l'allégresse était la plus grande. Autant, lors du banquet de gui, l'atmosphère était tendue et l'on sentait planer une inquiétude diffuse, autant, maintenant, la joie se lisait sans réserve sur tous les visages. Comme la première fois, Titus était à côté de Gyptis, à présent en compagnie de Viridovix. Son autre voisin était Somoros, le prêtre de Sequana. En face avaient pris place Palinure et Duna.

On servit le premier plat, une soupe aux lentilles délicieuse. Gyptis, après avoir échangé quelques mots avec Viridovix, se tourna vers Titus :

— Comment pourrai-je jamais te remercier ? Pour

moi, tu es allé jusqu'au bout du monde, tu as risqué ta vie et tu as failli mourir !

— J'avais une mission. J'ai rempli mon devoir...

— S'il te plaît, dis-moi que tu l'as fait aussi un peu pour moi, cela me fera tellement plaisir !

Gyptis le regardait dans les yeux et lui souriait. Il ne l'avait vue, jusqu'à présent, que dans les épreuves et les tourments. Maintenant qu'elle découvrait le bonheur, elle était éblouissante. Pourquoi lui aurait-il caché la vérité et se la serait-il cachée à lui-même ?

— Oui, Gyptis, je l'ai fait aussi pour toi.

Elle eut une exclamation joyeuse, mais une ride de contrariété apparut presque aussitôt sur son front.

— Que vas-tu penser de moi ?

— À quel sujet ?

— Icostagos n'avait pas complètement tort. C'est vrai que je me moquais un peu de Sequana. J'ai fait tout cela pour me débarrasser de Viridomar et maintenant, au lieu d'être punie, je suis récompensée. Est-ce juste ? L'ai-je vraiment mérité ?

— Qui suis-je pour juger ce qui est bien et ce qui est mal ? Même les dieux ne le font pas. Tu es heureuse : qu'ajouter d'autre ?

Encore une fois, Gyptis manifesta joyeusement son contentement, puis une nouvelle expression apparut sur son visage, malicieuse, cette fois.

— Tu es le plus doué et le plus brillant des enquêteurs, Titus, mais, si je voulais, je ne serais pas inexperte non plus. Moi aussi, j'avais découvert ton secret.

— Comment cela ?
— Tu n'es pas marchand !

De l'autre côté de la table, la conversation entre Duna et Palinure avait une tonalité bien plus grave. Après avoir été incapable de s'exprimer autrement que par monosyllabes, la jeune fille commençait à se détendre et à parler un peu.

— Tu n'imagines pas ce que j'ai souffert quand le prêtre m'a tout raconté !

— Ce cri dans la nuit, qui m'a glacé le sang, c'était bien toi ?

— Oui. J'ai cru que j'allais mourir. Si tu n'avais pas été dans cet état, je pense que je me serais tuée.

— Mais plus tard, pourquoi ne pas m'avoir parlé ? J'aurais tant voulu t'aider !

— Je l'aurais peut-être fait, mais j'ai appris que Titus et toi étiez des agents de César. Je ne savais plus qui tu étais. Je n'avais plus confiance en personne. J'ai voulu me suicider, et tu sais pourquoi je ne l'ai pas fait ? Parce que j'ai pensé à ma mère. Je me suis dit qu'au procès, si elle risquait d'être condamnée, je m'accuserais. Comme cela, ma mort servirait à quelque chose. Voilà, maintenant, tu sais tout...

Il y eut un silence. Palinure posa sa main sur le bras de Duna. Son doigt glissa doucement sur le serpent doré.

— Non, je ne sais pas tout, Duna... Lorsque nous avons quitté le sanctuaire, tu m'as dit que tu étais bouleversée parce que Sequana t'avait répondu non. Ce n'était pas vrai, n'est-ce pas ?

— Bien sûr, c'était à cause de ce que m'avait dit le prêtre.

— Mais Sequana, avant, tu l'avais interrogée ?

— Oui.

— Et qu'est-ce qu'elle avait dit ?

Duna resta un instant silencieuse, avant de déclarer d'une voix tremblante :

— Elle avait dit oui !

Depuis leur retour du sanctuaire, Titus n'avait prêté aucune attention au prêtre de Sequana. Il faut dire que les événements qu'il venait de vivre ne lui avaient guère donné l'occasion de s'intéresser à lui. Mais après que Gyptis l'eut laissé pour revenir avec Viridovix, Somoros engagea la conversation :

— Tu ne m'as pas demandé ce que j'allais faire de ton argent...

— Effectivement.

— Cela va me permettre de réaliser un vieux rêve. Comme Sequana est une déesse guérisseuse, je vais faire construire un bâtiment qui accueillera les malades. Je ferai venir des médecins de toute la Gaule et même de plus loin, si je peux : de Rome, de Grèce, d'Égypte.

Titus approuva. Il avait mal jugé ce Somoros, mais il faut reconnaître que tout cela ne cadrait guère avec le coffre contenant la sixième tête. D'ailleurs, il le lui dit.

— C'est une noble idée. Mais, si tu es capable d'agir ainsi, pourquoi conserves-tu une tête coupée dans ton sanctuaire ?

— Il faut me comprendre : je viens juste d'être élu prêtre. Je ne peux pas bousculer les mentalités. Dès que je pourrai, je la ferai enterrer.

Tous deux partirent alors dans une longue conversation et Titus découvrit en son voisin de table un esprit ouvert et éclairé. Il avait l'impression de parler avec Bituit ou Acco. Somoros ne condamnait pas ceux des Gaulois qui se battaient pour leur liberté, mais il appelait de ses vœux le jour où le pays entrerait dans l'ensemble romain. C'était l'unique moyen de rompre avec les vestiges de la barbarie et seules la civilisation et l'éducation apportaient le bonheur aux hommes.

Ils étaient en train d'échanger ces grandes idées, lorsqu'ils furent interrompus par une violente altercation. Viridovix et Uxellos se disputaient un morceau de viande. Le futur mari de Gyptis lança d'une voix de stentor :

— Retire tes pattes de là, sinon, il va t'arriver malheur ! Je sais me battre, moi, je ne suis pas Viridomar.

— C'est ce que nous allons voir !

Viridovix se mit à glousser.

— Et puis, d'abord, quand on a un casque plaqué or, on ne se sert pas le premier !

Uxellos sortit son épée face à l'outrage, mais toute la tablée partit d'un gigantesque éclat de rire. Un instant déconcerté, il finit par rengainer et par rire plus fort que les autres... Titus rit aussi, et de tout son cœur ! Il arrivait quelque chose d'extraordinaire : après les avoir tellement méprisés et détestés, il aimait les Gaulois ! Ils étaient batailleurs, égoïstes, écervelés, inconséquents, mais ils étaient vivants, si vivants ! Il lui tardait que César ait achevé sa conquête pour qu'ils apportent à Rome cette force, cette jeunesse, cette joie de vivre, ce sens de la fête qui faisaient leur génie. La main de Gyptis se posa sur son bras.

— Regarde ! Vous serez trois à rentrer à Rome.

Titus éprouva une joie immense : en face de lui, profitant de l'inattention générale, Palinure et Duna s'embrassaient avec passion... Gyptis sourit.

— Je crois que le moment est venu de lever nos coupes.

— Tu as raison.

La coupe en bois de Titus était vide. Il demanda qu'on la remplisse de vin et s'apprêtait à faire signe qu'on y verse aussi de l'eau, mais Gyptis arrêta son geste.

— Non, bois-le pur, à la gauloise.

— Chez nous, nous réservons le vin pur aux dieux.

— Eh bien, justement !

Titus se leva, son récipient à la main. Autour de la table, tous le virent et firent de même. Viridovix enlaça Gyptis et Palinure enlaça Duna ; la mère et la fille échangèrent un sourire radieux. Somoros demanda à Titus :

— À quoi allons-nous boire ? À l'amitié gallo-romaine, à la Gaule future ?

— Non. À ce qui est mille fois plus important que

Rome et la Gaule et qui durera mille fois plus longtemps qu'elles. Je bois à l'amour !

Autour de la table, un cri unanime lui répondit :

— À l'amour !

Et, pour la première fois de sa vie, Titus Flaminius but son vin pur.

TABLE

« Pour l'éditeur, le principe est d'utiliser des papiers composés de fibres naturelles, renouvelables, recyclables et fabriquées à partir de bois issus de forêts qui adoptent un système d'aménagement durable. En outre, l'éditeur attend de ses fournisseurs de papier qu'ils s'inscrivent dans une démarche de certification environnementale reconnue. »

Composition PCA - 44400 Rezé

Achevé d'imprimer en Espagne par LIBERDUPLEX
Sant Llorenç d'Hortons (08791)
32.10.2587.7/01 - ISBN : 978-2-01-322587-8
Loi n° 49-956 du 16 juillet 1949 sur les publications destinées à la jeunesse
Dépôt légal : janvier 2008